一笑

古龍自署

國際學術研討會

古龍武俠小說 領先時代半世紀

【記者賴素鈴／報導】江湖代有才人出，這廂古龍凋零二十載，那廂今朝懸賞百萬獎新秀，浪淘不盡，唯有武俠熱愛，不隨時間變易，在學術研討會上更見分明。以「一代鬼才：古龍與武俠小說」爲主題，淡江大學第九屆文學與美學國際學術研討會昨起在國家圖書館，展開爲期兩天的議程，紀念武俠小說家古龍逝世二十周年，新生代學者與古龍故舊齊聚一堂，以文論劍話武俠。

日前與淡大中文系教授林保淳共同發表《台灣武俠小說發展史》，武俠小說評論家葉洪生昨天在專題演講中，直批胡適1959年底發表「武俠小說下流論」是「胡說」，學界泰斗的不當發言以及隨即展開的「暴雨專案」，反而促成1960年起台灣武俠新秀的繁興，「武俠小說迷人的地方，恰恰在門道之上。」，葉洪生認定，武俠小說審美四原則在文筆、意構、雜學、原創性，他強調：「武俠小說，是一種『上流美』。」

集多年心血完成《台灣武俠小說發展史》，葉洪生認爲他已爲從十歲起迷上武俠小說的半世紀畫上完美句點，並且宣布他「以後決心退出武俠論壇，封劍退隱江湖」。

雖然葉洪生回顧武俠小說名家此起彼落，套太史公名言「固一世之雄也，而今安在哉？」，認爲這是值得深思的嚴肅課題，昨天意外現身研討會而備受矚目的溫世禮，則爲了紀念同是武俠迷的哥哥溫世仁，推出第一屆「溫世仁武俠小說百萬大賞」，即日起至今年10月3日截止收件，經兩階段評選後於明年12月7日公布首獎得主，預料將會是一場武林新秀的龍虎爭霸戰。

看明日誰領風騷？風雲時代出版社發行人陳曉林眼中的古龍，其實領先他的時代半世紀，以致如今雖然古龍逝世20年，陳曉林認爲大家對古龍的了解仍然有限，預言未來世代更能和古龍的後設風格共鳴。

昨天這場研討會，也凸顯武俠小說作爲一項文學研究門類，仍有待開發學習空間。多位與會者都指出，武俠小說的發表、出版方式和管道具考證難度，學術理論與論文格式的建立待加強。而武俠名家的版權之爭、市場競爭力，也增加出版推廣困難，古龍武俠小說的版權糾紛、司馬翎作品的版權官司也成爲研討會的場外話題。

與

武俠小說

第九屆文學與美

一代鬼才

古龍

古龍兄為人慷慨豪邁、跌蕩自如，變化多端，文如其人，且復多奇氣，惜英年早逝。余與古兄當年交好，且喜讀其書，今除不見其人，又無新作可讀，深自悼惜。

金庸

一九九六．十．十一．香港

楚留香新傳（三）

蝙蝠傳奇（下）

古龍精品集33

楚留香新傳（三）蝙蝠傳奇（下）

目錄

十二 棺材裡的靈機

棺材蓋一交到楚留香、胡鐵花和張三的手，就大不相同了。

六口棺材竟像是真的變成了一艘輕舟，破浪前行。

金靈芝垂頭坐在那裡，瞧了自己一雙春筍般的玉手，已變得又紅又紫，掌心還生滿了黃黃的水泡。

瞧著瞧著，她眼淚已經在眼睛裡打轉了。

但這罪本是她自己要受的，怨不得別人，有眼淚，也只好往肚裡呑。

胡鐵花彷彿並沒有看她，嘴裡卻喃喃道：「女人就是女人，就和男人不同，至少一雙手總比男人嫩些，所以女人若定要將自己看得和男人一樣，就是在自討苦吃。」

白獵忽然跳了起來，瞪著胡鐵花，沉聲道：「說話也很費力的，胡兄爲何不留些力氣划船？」

胡鐵花淡淡一笑，根本不理他。

白獵的臉反而有些紅了，訕訕的轉過身，陪笑道：「金姑娘莫要生氣，有些人說的話，姑娘你最好莫要去聽他。」

他這倒的確是一番好意，誰知金靈芝反而瞪起眼，厲聲道：「我要聽誰說話，不聽誰說話，都和你沒半點關係，你多管什麼閒事？」

白獵怔住了，臉紅得像茄子，簡直恨不得跳到海裡去。

英萬里乾咳了兩聲，勉強笑道：「太陽太大，又沒水喝，人就難免煩躁，心情都不會好，不如還是蓋起棺蓋來睡覺吧。有什麼話，等日落後再說。」

楚留香舔了舔已將乾得發裂的嘴唇，道：「不錯，若是再撐下去，只怕連我都要倒下了。」

「砰」的，金靈芝第一個先將棺材上的蓋子蓋了起來。

英萬里也拉著白獵躺下，道：「莫要蓋得太緊，留些空透風。」

張三打了個呵欠，喃喃道：「現在若有一杯凍透的酸梅湯，我就算將人都賣了，也沒關係。」

胡鐵花也不禁舔舔嘴唇，笑罵道：「你莫忘記，你已賣過一次了。」

張三瞪眼道：「一次也是賣，兩次也是賣，有了開頭，再賣起來豈非更方便？」

胡鐵花嘆了口氣，笑道：「謝天謝地，幸好你不是女人……」

躺在棺材裡，其實並不如他們想像中那麼舒服。

陽光雖然沒有直接曬到他們身上，但烤起來卻更難受。

胡鐵花實在忍不住了，推開棺蓋，坐了起來，才發覺張三早已坐出來了，正打著赤膊，用脫下來的衣服在搧風。

胡鐵花笑道：「原來你也受不了！」

張三嘆著氣，苦笑道：「實在受不了，我差點以爲自己也變成了條烤魚。」

胡鐵花笑道：「烤人者人恆烤之，你魚烤得太多了，自己本也該嘗嘗被烤的滋味。」

他眼珠一轉，又道：「老臭蟲呢？」

張三道：「只怕睡著了。」

胡鐵花道：「除了死人外，若說還有個活人也能在棺材裡睡覺，這人就一定是老臭蟲。」

張三失笑道：「不錯，這人就算躺在糞坑裡，只怕也能睡著的。」

胡鐵花向四下瞧了一眼，還是連陸地的影子都瞧不見。

但陽光總算已弱了些。

張三忽又道：「我剛才躺在棺材裡，想來想去，總有件事想不通。」

胡鐵花道：「你說吧，讓我來指教指教你。」

張三緩緩地說道：「丁楓要殺我們，都有道理，但他爲什麼要殺掉海闊天呢？海闊天豈非和他是一黨的？」

胡鐵花摸著鼻子，正色道：「也許海闊天半夜裡將他當做女人，辦了事了。」

張三笑罵道：「放你的屁，你這就算指教我？」

胡鐵花也不禁笑了，道：「你的嘴若還不放乾淨些，小心我拿它當夜壺。」

突聽一人道：「兩張臭嘴加在一起，簡直比糞坑還臭，我怎麼睡得著？」

楚留香也坐起來了。

胡鐵花忍不住笑道：「這人的耳朵真比兔子還長，以後要罵他，可得小心些。」

楚留香伸手舀了捧海水，潑在身上，忽又道：「丁楓要殺海闊天，只有一個理由。」

胡鐵花道：「什麼理由？」

楚留香道：「他們每年都有一次會期，接客送客，自然需要很多船隻，海闊天縱然已被他們收賣，但總不如自己指揮方便。」

張三恍然道：「不錯，他殺了海闊天，紫鯨幫的幾十條船就都變成他們的了。」

楚留香道：「向天飛是海闊天的生死之交，要殺海闊天，就得先殺向天飛！」

胡鐵花點著頭，道：「有道理。」

楚留香道：「但紫鯨幫的活動範圍只是在海上，他們的客人，卻大多是由內陸來的，要到海上，勢必要經過長江。」

張三道：「不錯。」

楚留香道：「要經過長江，就得要動用武維揚和雲從龍屬下的船隻，所以在殺海闊天之前，還得先殺了他們。」

胡鐵花不懂了，道：「但武維揚非但沒有死，而且還兼任了兩幫的幫主。」

楚留香道：「誰說武維揚沒有死？」

胡鐵花道：「我們那天豈非還親眼看到他殺了雲從龍？」

楚留香道：「那人是假的！」

胡鐵花愕然道：「假的？」

楚留香道：「丁楓早已殺了武維揚，再找一個和武維揚相似的人，改扮成他的模樣。」

他接著又解釋道：「他們故意以武維揚的箭，殺了那兩個人，也正是要我們認爲武維揚還沒有死。」

胡鐵花摸著鼻子，道：「我還是不懂。」

楚留香道：「那天在酒樓上，我們並沒有看出武維揚是假的，因爲我們和武維揚並不熟，但卻有個人看出來了。」

胡鐵花道：「誰？」

楚留香道：「雲從龍。」

他接著道：「正因他已看出了武維揚是別人易容假冒的，所以當時才會顯得很驚訝。」

胡鐵花道：「可是……我們既未看出，他又怎會看出來的？」

楚留香說道：「因爲江湖中的傳說並不假，這幾年來，雲從龍的確已和武維揚由仇敵變成了朋友，所以他才會在遺書中吩咐，將幫主之位傳給武維揚，由此可見，他非但已和武維揚交情不錯，而且還信任有加。」

胡鐵花又在摸鼻子了，苦笑道：「我非但還是不懂，簡直愈來愈糊塗了。」

楚留香道：「雲從龍想必已知道丁楓他們有了殺他之心，所以才會預先留下遺書。」

胡鐵花道：「嗯。」

楚留香道：「那兩個死在箭下的人，的確本是雲從龍屬下。只因他已和武維揚成爲好友，所以才令他們投入十二連環塢。」

胡鐵花道：「你是說……武維揚本就知道這件事的？」

楚留香道：「不錯，所以那天在酒樓上，那『武維揚』指責他們是混入十二連環塢刺探消息的，雲從龍就更判定他是假的了。」

胡鐵花道：「你再說清楚些。」

楚留香道：「就因爲這幾年來雲從龍和武維揚時常相見，所以雲從龍一進去就已發覺『武維揚』的異樣，因爲易容術是很難瞞得過熟人的。」

胡鐵花道：「但英萬里的易容術卻瞞過了你。」

楚留香笑了笑，道：「那只因他假扮的不是我們熟悉的人，而且又故意扮得怪模怪樣，他若扮成你，我一眼就可瞧出來了。」

胡鐵花說道：「如此說來，易容術豈非根本就沒有用？」

楚留香道：「易容術的用處，只不過是要掩飾自己本來面目，令別人認不出他，並不能使他變成另一個人。」

張三突然道：「但我卻聽說過一件事，以前有個人……譬如說是王二吧，王二假扮成李四，混入李四家裡，將李四家裡大大小小幾十個人全都騙過了，居然沒有一個認出他。」

楚留香道：「那是鬼話。」

張三道：「你說這絕不可能？」

楚留香道：「當然不可能，世上若真有這種事，就不是易容術，而是變戲法了。」

胡鐵花道：「雲從龍既然已看出那武維揚是假的，爲何不說破？」

楚留香道：「因爲那時丁楓就在他身旁，他根本就沒有說話的機會，不過……」

胡鐵花道：「不過怎樣？」

楚留香道：「雲從龍是用別的法子暗示了我們，只可惜那時大家全沒有留意而已。」

胡鐵花道：「他用的是什麼法子？」

楚留香道：「他故意用錯成語，說出『骨鯁在喉』四字，就是要我們知道，他心裡有件事是『不吐不快』的，只是無法吐出而已。」

胡鐵花道：「這你已說過了。」

楚留香道：「後來，他又故意將那魚眼睛拋出，彈到武維揚碟子裡，也就是想讓我們知道，那武維揚是『魚目混珠』，是假的。」

胡鐵花嘆了口氣，苦笑道：「這暗示雖然巧妙，卻未免太難懂了些。」

楚留香笑了笑，道：「若是很容易懂，也就不算暗示了。」

他接著又道：「雲從龍既已知道那武維揚是假的，所以在交手之前，他就已知道此去必無生望，所以才會作那些暗示，只要我們能明白，他的死，也總算多少有些代價。」

張三嘆道：「這就難怪他臨出門之前，會那麼悲憤消沉了。」

胡鐵花也嘆道：「我本就在奇怪，雲從龍的武功本和武維揚相差無幾，武維揚怎能一出手就殺了他？」

楚留香道：「丁楓利用那『武維揚』殺了雲從龍，再讓那武維揚接掌『神龍幫』，從此以後，鳳尾、神龍兩幫屬下所有的船隻，他們都已可調度自如，長江上下游千里之地，也都在他們的控制之下……」

張三嘆了口氣，道：「如此說來，丁楓真是個了不起的人物，這『一石二鳥』之計，實在用得妙透，也狠透了。」

楚留香沉吟著，道：「我若猜得不錯，丁楓只怕還沒有這麼高的手段，他幕後想必還有個更厲害、更可怕的人物！」

胡鐵花苦笑道：「無論這人是誰，我們只怕永遠都看不到了。」

張三忽又道：「我還有件事想不通。」

楚留香道：「哪件事？」

張三道：「既然連雲從龍都認得出那武維揚是假冒的，鳳尾幫屬下和他朝夕相處已有多年，又怎會認不出？這秘密豈非遲早還是要被人看破？」

楚留香道：「你錯了。」

他接著又道：「武維揚為人嚴峻，執法如山，鳳尾幫屬下對他不但愛戴，而且還有敬畏之心，又有誰敢對他逼視？」

張三想了想，嘆道：「不錯，本來說不通的事，被你一說，就完全合情合理了。」

楚留香也嘆了口氣，道：「這件事的確是詭秘複雜，其中的關鍵至少有七、八個之多，只要有一點想不通，這件事前後就連不起來了。」

胡鐵花苦笑道：「這種事莫說要我去想，就算要我再重說一遍，都困難得很。」他盯著楚留香，道：「我真不懂你是怎麼想出來的？難道你腦袋的構造和別人不同？」

楚留香失笑道：「我本來也有幾點想不通，剛才在棺材裡想了很久，才點點滴滴的將這件事從頭到尾拼湊了起來。」

胡鐵花笑道：「原來這是棺材給你的靈機。」

楚留香正色道：「這倒不假，一個人若想找個地方來靜靜地思索一件事，棺材裡實在是個好地方。」

胡鐵花道：「哦？」

楚留香道：「因為一個人若是躺進了棺材，就會忽然覺得自己與紅塵隔絕，變得心靜如水，許多平時想不到的地方，這時都想到了，許多平時本已忘記了的事，這時也會一一的全都重現在眼前。」

張三笑道：「如此說來，小胡就該整天躺在棺材裡才對，他實在喝得太多，想得太少了。」

胡鐵花瞪了他一眼，才皺著眉道：「我的確也有件事還沒有想通。」

楚留香道：「是不是那張圖？」

胡鐵花道：「不錯，雲從龍臨死之前，鄭重其事的將那張圖偷偷交給你，由此可見，那張圖的關係必定很大，是不是？」

楚留香道：「是。」

胡鐵花嘆了口氣，道：「但那張圖上卻只畫著個蝙蝠。」

楚留香沉吟著，道：「這蝙蝠想必也是個關鍵，其中的含意必很深。」

胡鐵花道：「你想出來了沒有？」

楚留香道：「沒有。」

他這答覆的確乾脆得很。

胡鐵花笑了，看樣子像是又想臭他兩句。

突聽一人道：「那蝙蝠的意思我知道。」

說話的人，是金靈芝。

張三笑了笑，悄悄道：「原來她的耳朵也很長。」

胡鐵花道：「女人身上就有兩樣東西比男人長的，其中一樣就是耳朵。」

張三道：「還有一樣呢？」

胡鐵花道：「舌頭。」

他聲音說得很低，因爲金靈芝已從棺材裡坐了起來，自從她給白獵碰了個大釘子之後，胡鐵花就好像對她客氣多了。

楚留香道：「金姑娘知道那圖上蝙蝠的含意？」

金靈芝點了點頭，道：「嗯。」

她眼睛紅紅的，像是偷偷地哭過。

楚留香道：「那蝙蝠是不是代表一個人？」

金靈芝道：「不是，是代表一個地方。」

楚留香道：「什麼地方？」

金靈芝道：「蝙蝠島，那『銷金窟』所在之地，就叫做蝙蝠島。」

楚留香眼睛亮了，道：「如此說來，那些曲線正是代表海水！」

張三搶著道：「那圓圈就是太陽，指示出蝙蝠島的方向。」

胡鐵花大喜道：「如此說來，我們只要照著那方向，就能找到蝙蝠島；只要能找到蝙蝠島，一切問題就可解決了。」

金靈芝冷冷道：「只怕到了蝙蝠島時，你的問題早就全都解決了！」

胡鐵花道：「這是什麼意思？」

金靈芝閉著嘴，不理他。

楚留香道：「人一死，所有的問題就都解決了——金姑娘是不是這意思？」

金靈芝終於點了點頭，道：「上次我們出海之後，又走了五六天才到蝙蝠島，現在我們就算是坐船，也至少還有三四天的行程，何況……」

說到這裡，她就沒有再說下去。

但她的意思大家都已很明白。

就算航程很順利，既沒有遇著暴風雨，也沒有迷失方向，就算他們六個人都是鐵打的，也能不停地划——

以他們最快的速度計算，也得要有七、八天才能到得了蝙蝠島。

他們還能支持得住七、八天麼？

這簡直絕無可能。

胡鐵花摸著鼻子道：「七、八天不吃飯，我也許還能挺得住，但沒有水喝，誰也受不了。」

張三苦笑道：「莫說再挺七、八天，我現在就已渴得要命。」

胡鐵花冷冷地道：「那只怕是因爲你話說得太多了。」

張三板著臉，道：「渴死事小，憋死事大，就算渴死，話也不能不說的。」

英萬里仰面瞧著天色，忽然笑了笑，道：「也許大家都不會渴死。」

胡鐵花道：「爲什麼？」

英萬里的笑容又苦又澀，緩緩道：「天像愈來愈低，風雨只怕很快就要來了。」

天果然很低，穹蒼陰沉，似已將壓到他們頭上。

大家忽然都覺得很悶，悶得幾乎透不過氣來。

張三抬頭望了望天色，眉鎖得更緊，道：「果然像是要有風雨的樣子。」

胡鐵花道：「是風雨？還是暴風雨？」

張三嘆了口氣，道：「無論是風雨、還是暴風雨，我們都很難捱過去。」

大家呆了半晌，不由自主都垂下頭，瞧了瞧自己坐著的棺材。

棺材是用上好的楠木做的，做得很考究，所以到現在還沒有漏水。

但棺材畢竟是棺材，不是船。

風雨一來，這六口棺材只怕就要被大浪打成碎片。

胡鐵花忽然笑了笑，說道：「我們這裡有個智多星，無論遇著什麼事，他都有法子對付的，大家又何必著急？」

他顯然想別人都會跟著他笑一笑，但誰都沒有笑。

此時此刻，就算他說的是世上最好笑的笑話，也沒有人笑得出來，何況這句話實在一點也不好笑。

因為大家都知道楚留香畢竟不是神仙，對付敵人，他也許能百戰百勝，但若要對付天，他也一樣沒法子。

「人力定可勝天」，這句話只不過是坐在書房裡，窗子關得嚴嚴的，火爐裡生著火，喝著熱茶的人說出來的。

若要他坐在大海中的一口棺材裡，面對著無邊巨浪，漫天風雨，他就絕對不會說這句話了。

太陽不知何時已被海洋吞沒，天色更暗。

只有楚留香的一雙眼睛，彷彿還在閃著光。

胡鐵花忍不住，又道：「你是不是已想出了什麼主意？」

楚留香緩緩道：「現在我只有一個主意。」

胡鐵花喜道：「快，快說出來讓大家聽聽，是什麼主意？」

楚留香道：「等著。」

胡鐵花怔了怔，叫了起來道：「等著！這就是你的主意？」

楚留香嘆了口氣，苦笑道：「我只有這主意。」

英萬里長嘆道：「不錯，只有等著，到了現在，還有誰能想得出第二個主意？」

胡鐵花大聲道：「等什麼？等死嗎？」

楚留香和英萬里都閉上了嘴，居然默認了。

胡鐵花怔了半晌，忽然睡了下去，喃喃道：「既然是在等死，至少也該舒舒服服的等，你們爲何還不躺下來……至少等死的滋味，並不是人人都能嘗得到的。」

無論是站著，是坐著，還是躺著，等死的滋味都不好受。

但大家也只有等著，因爲誰也沒有第二條路可走。

楚留香這一生中，也不知遇到過多少可怕的對手，但無論遇到什麼人，無論遇到什麼事，他的勇氣都始終未嘗喪失過。

他從來也沒有覺得絕望。

遇著的敵人愈可怕，他的勇氣就愈大，腦筋也就動得愈快，他認爲無論任何事，都有解決的法子。

只有這一次，他腦中竟似變成了一片空白。

風已漸漸大了，浪頭也漸高。

棺材在海面上跳躍著，大家除了緊緊的抓住它之外，什麼事也不能做。

他們只要一鬆手，整個人只怕就會被拋入海中。

但那樣子也許反而痛快些——「死」的本身並不痛苦，痛苦的只是臨死前那一段等待的時候。

一個人若是還能掙扎，還能奮鬥，還能抵抗，無論遇著什麼事都不可怕，但若只能坐在那裡等著，那就太可怕了。

只有在這種時候，才能看得出一個人的勇氣。

楚留香臉色雖已發白，但神色還是很鎭定，幾乎和平時沒什麼兩樣。

胡鐵花居然真的一直睡在那裡，而且像是已經睡著了。

英萬里低垂著頭，金靈芝咬著嘴唇，張三嘴裡念念有詞，彷彿在自言自語，又彷彿在低低唱著一首漁歌。

只有白獵，始終挺著胸，坐在那裡，瞪大了眼睛瞧著金靈芝，滿頭大汗雨點般往下落。

也不知道過了多久，白獵突然站了起來，盯著金靈芝，道：「金姑娘，我要先走一步了，我……我……」

這句話尚未說完，他的人突然躍起，竟似要往海裡跳。

金靈芝驚呼一聲，楚留香的手已閃電般抓住了他的腰帶。

就在這時，張三也叫了起來，大叫道：「你們看，那是什麼？」

黑沉沉的海面上，突然出現了一點星光。

暴風雨將臨，怎會有星光？

胡鐵花喜動顏色，大呼道：「那是燈！」

十三　海上明燈

有燈的地方，沒有陸地，就有船。

這一點燈光的確就是星星，救星！

大家用盡全力，向燈光划了過去，風雖已急，浪雖已大，但這時在他們眼中，卻已算不得什麼了。

燈光漸亮，漸近。

他們划得更快，漸漸已可聽到船上的人聲。

楚留香看了白獵一眼，沉聲道：「一個人只要還沒有死，無論在任何情況下，都得忍耐——我總認爲這是做人最基本的條件。」

英萬里道：「不錯，有句話楚香帥說得最好：人非但沒有權殺死別人，也沒有權殺死自己！」

船很大。

船上每個人舉止都很斯文，穿著都很乾淨，說話也都很客氣。

楚留香一上了船，就覺得這條船很特別。

因爲在他印象中，海上的水手們大多數都是粗魯而骯髒的——在海上，淡水甚至比酒還珍貴，他們洗澡的機會自然不多。

暴風雨雖已將臨，但船上每個人還是都很鎮定，很沉著，對楚留香他們更是彬彬有禮。

無論誰都可看出他們必定受過很好的訓練，從他們身上也可看出這條船的主人一定很了不起。

楚留香很快就證明了他的想法不錯。

只不過這條船的主人，比他想像中還要年輕些，是個很秀氣，很斯文的少年，穿著雖華麗，但卻不過火。

甲板上飄揚著清韻的琴聲。

楚留香他們遠遠就已從窗中看到少年本在撫琴。自從「無花」故世之後，楚留香已有很久沒有聽到過如此悅耳的琴聲了。

但他們還未到艙門外，琴聲便戛然而止。

這少年已站在門口含笑相迎。

他笑容溫柔而親切，但一雙眼睛裡，卻帶著種說不出的空虛、寂寞、蕭索之意，向楚留香他們長長一揖，微笑著道：「佳客遠來，未能遠迎，恕罪恕罪。」

胡鐵花本走在楚留香前面，但他卻沒有說話！

因為他知道楚留香平時說話雖也和他一樣有點離譜，但遇著了斯文有禮的人，也會說得很文謅謅地。

文謅謅地話，胡鐵花並不是不會說，只不過懶得說而已。

楚留香果然也一揖到地，微笑著道：「劫難餘生，承蒙搭救，能有一地容身，已是望外之喜，主人若再如此多禮，在下等就更不知該如何是好了。」

少年再揖道：「不敢，能為諸君子略效綿薄，已屬天幸，閣下若再如此多禮，在下也置身無地了。」

楚留香也再揖道：「方才得聞妙奏，如聆仙樂，只恨來得不巧，打擾了主人雅興。」

少年笑道：「閣下如此說，想必也妙解音律，少時定當請教。」

胡鐵花又累、又餓、又渴，眼角又瞟著了艙內桌上擺著的一壺酒，只恨不得早些進去，找張舒服的椅子坐下來，喝兩杯。

但楚留香偏偏文謅謅地在那裡說了一大堆客氣話，他早就聽得不耐煩了，此刻忍不住插口道：「妙極妙極，琴旁有酒，酒旁有琴，不但風雅之極，如能早聞雅奏，實是不勝之喜。」

他心裡想的明明是「早喝美酒」，嘴裡卻偏偏說「早聞雅奏」，說得居然也滿斯文客氣。

只可惜他的意思，別人還是聽得出的。

楚留香忍不住笑道：「敝友不但妙解音律，品酒亦是名家……」

胡鐵花瞪了他一眼，截口道：「實不相瞞，在下耳中雖然無琴，眼中卻已有酒矣。」

少年也忍不住笑了，道：「聞弦歌豈能不知雅意？胡大俠固酒中之豪也，在下也早有耳聞。」

胡鐵花剛想笑，又怔住，失聲道：「你認得我？」

少年道：「恨未識荊。」

胡鐵花道：「你怎知我姓胡？」

那少年淡淡笑道：「彩蝶雙飛翼，花香動人間——能與楚香帥把臂而行的，若不是『花蝴蝶』胡大俠又是誰？」

楚留香也怔住了。

胡鐵花道：「原來你認得的不是我，而是老……」

少年道：「香帥大名，早已仰慕，只恨始終緣慳一面而已。」

胡鐵花愕然道：「你既也未見過他，又怎知他就是楚留香？」

少年並沒有直接回答這句話，只是微笑著道：「風急浪大，海水動盪，諸位立足想必不穩，此船船舷離水約有兩丈，若是一躍而上，落下時總難免要有足音。」

胡鐵花道：「不錯，若在陸上，一躍兩丈倒也算不了什麼，在水上就不同了。」

少年道：「但六位方才上船時，在下卻只聽到五位的足音，在水上一躍兩丈，也能落地無聲的，輕功之高，當世已無人能及。」

他笑了笑，接著道：「楚香帥輕功妙絕天下，已是不爭之事……」

胡鐵花搶著道：「但你又怎知那人就是他，他就是楚留香？」

少年笑道：「怒海孤舟，風雨將臨，經此大難後，還能談笑自若，瀟灑如昔的，放眼天下，除了楚香帥又有幾人？」

他轉向楚留香，三揖道：「是以在下才敢冒認，但望香帥勿罪。」

胡鐵花瞪著眼，說不出話來了。

這少年果然是個很了不起的人物，比他想像中還要高明得多。

酒，醇而美。

醇酒三杯已足解頤。

胡鐵花五杯下肚，已覺得有些醺醺然了，話也多了起來——一個人又累又餓時，酒量本已要比平時差很多的。

這時大家都已通過了姓名，只有英萬里說的名字還是「公孫劫餘」，做了幾十年捕頭的人，疑心病總是特別重些的。

這也許是因爲他們見的盜賊比好人多，所以無論對任何人都帶著三分提防之心，說的假話總比真話說得多。

少年笑道：「原來各位都是名人，大駕光臨，當真是蓬蓽生輝。」

胡鐵花搶著道：「若說像閣下這樣的人，會是無名之輩，我第一個不信。」

英萬里立刻也笑道：「在下正想請教主人尊姓。」

少年道：「敝姓原，草字隨雲。原來如此的原。」

胡鐵花笑道：「這個姓倒少得很。」

英萬里道：「卻不知仙鄉何處？」

原隨雲道：「關中人。」

英萬里目光閃動，道：「關中原氏，聲望本隆，『無爭山莊』，更是淵源有自，可稱武林第一世家，卻不知原東園原老莊主和閣下怎樣稱呼？」

原隨雲道：「正是家父。」

這句話說出，大家全都怔住，就連楚留香面上都不禁露出驚愕之色，就好像聽到了什麼最驚人、最奇怪的事一樣。

三百年前，原青谷建「無爭山莊」於太原之西，這「無爭」二字，卻非他自取的，而是天下武林豪傑的賀號。

只因當時天下，已無人可與他爭一日之長短了。

自此之後，「無爭」名俠輩出，在江湖中也不知做出了多少件轟轟烈烈，令人側目的大事！

英萬里說的「武林第一世家」這六字，倒也不是恭維話。

近五十年來，「無爭山莊」雖然已沒有什麼驚人之筆，但三百年來的餘威仍在，武林中人提起「無爭山莊」，還是尊敬得很。

當今的山莊主人原東園生性淡泊，極少在江湖中露面，更從未與人交手，固然有人說他：「深藏不露，武功深不可測。」卻也有人說他：「生來體弱，不能練武，只不過是個以文酒自娛的飽學才子而已……」

但無論怎麼說，原老莊主在江湖中的地位仍極崇高，無論多大的糾紛，只要有原老莊主的一句話，就立可解決。

就連號稱「第一劍客」的薛衣人，在他鋒芒最露、最會惹事的時候，也未敢到「無爭山莊」去一攖其鋒。

原東園本有無後之恨，直到五十多歲的晚年，才得一子，他對兒子的寵愛之深、寄望之厚，自然是不必說了。

這位原少莊主也的確沒有令人失望。

江湖中人人都知道原隨雲少莊主是個「神童」，長成後更是文武雙全，才高八斗，而且溫文爾雅，品性敦厚。

武林前輩們提起這位原少莊主，嘴上雖然讚不絕口，心裡卻都在暗暗地同情、惋惜——

只因他自從三歲時得了一場大病後，就已雙目失明，是個瞎子！

原隨雲竟是個瞎子。

這一眼就認出了楚留香的人，竟是個瞎子？

大家全都怔了。

他們都是有眼睛的，而且目力都很好，但他們和他交談了這麼久，非但沒有人能看出他是個瞎子，簡直連想都沒有想到過。

他舉止是那麼安詳，走起路來又那麼穩定，爲人斟酒時，更從未溢出過一滴，別人的身分來歷，他一眼就能看破。

又誰能想到他居然是個瞎子！

大家這才終於明白，他眼睛爲什麼看來總是那麼空虛寂寞了。

驚嘆之餘，又不禁惋惜。

他人才是這麼出眾，長得又這麼英秀，出身更是在武林第一世家，正是天之驕子，這一生本已無憾。但老天卻偏偏要將他變成個瞎子。

難道天公也在妒人？不願意看到人間有無缺無憾的男子。

胡鐵花忍不住又喝了三杯酒下去。

他開心的時候固然要喝酒，不開心的時候更要多喝幾杯。

原隨雲卻淡淡一笑，說道：「各方佳客光臨，在下方才卻未曾遠迎，各位現在想必已能恕在下失禮之罪了。」

這雖然只不過是句客氣話，卻令人聽得有些難受。

要回答這句話更難，大家都在等著讓別人說。

胡鐵花忽然道：「你方才判斷的那些事，難道都是用耳朵聽出來的？」

原隨雲道：「正是。」

胡鐵花嘆了口氣，道：「原公子目力雖不便，但卻比我們這些有耳朵的人還要強多了。」

這句話他分了三次才說完，只因說話間他又喝了三杯。

座上若有個他很討厭的人，他固然非喝酒解氣不可，座中若有個他真佩服的人，他也要喝兩杯的。

英萬里忽然也說話了，含笑道：「在下本覺九城名捕英萬里耳力之聰，已非人能及，今日一見公子，才知道人外有人，天外有天。」

原隨雲道：「不敢，閣下莫非認得英老前輩？」

英萬里居然能聲色不動，道：「也不過只有數面之雅。」

原隨雲笑了笑，道：「英老前輩『白衣神耳』前無古人，後無來者，在下早已想請示教益，他日若有機緣，還得煩閣下引見。」

英萬里目光閃動，緩緩道：「他日若有機緣，在下定當效勞。」

兩人這一番對答，表面上看來彷彿並沒有什麼意思，只不過是英萬里在故弄玄虛，掩飾自己的身分而已。

但也不知爲了什麼，楚留香卻覺得這番話裡彷彿暗藏機鋒，說話的兩人也都別有居心。

只不過他們心裡究竟在打著什麼主意，楚留香一時間還未能猜透。

原隨雲話風一轉，突然問道：「張三兄固乃水上之雄，香帥據說也久已浮宅海上，以兩位之能，又怎會有此海難？」

張三和楚留香還沒有說話，胡鐵花已搶著道：「船若要沉，他兩人又有什麼法子？」

原隨雲道：「前兩日海上並無風暴，各位的座船又怎會突然沉沒？」

胡鐵花揉了揉鼻子，道：「我們若知道它是爲什麼沉的，也就不會讓它沉了。」

這句話回答得實在很絕，說了和沒有說幾乎完全一樣，除了胡鐵花這種人，誰也說不出這種話。

原隨雲笑了，慢慢地點著頭道：「不錯。災變之生，多出不意，本是誰都無法預測的。」

胡鐵花忽又發現這人還有樣好處——無論別人說什麼，他好像都覺得很有道理。

船已開始搖盪。

風暴顯然已將來臨。

英萬里突又問道：「原公子久居關中，怎會遠來海上？」

原隨雲沉吟著，道：「對別人說，在下是動了遊興，想來此一覽海天之壯闊；但在各位面前，在下又怎敢以謊言相欺？」

胡鐵花搶著道：「原公子是位誠實君子，大家早已看出來了。」

原隨雲道：「不敢……只不過，明人面前不說暗話，在下此行之目的，只怕也和各位一樣。」

英萬里動容道：「哦？原公子知道在下等要到哪裡去麼？」

原隨雲笑了笑，道：「這兩天海上冠蓋雲集，群雄畢至，所去之處，也許都是同一個地方。」

英萬里目光閃動，道：「是哪裡？」

原隨雲笑道：「彼此心照不宣，閣下又何必定要在下說出來？」

胡鐵花又搶著道：「是不是那號稱『海上銷金窟』的蝙蝠島？」

原隨雲拊掌道：「畢竟還是胡大俠快人快語。」

胡鐵花大喜道：「好極了，好極了……我們正好可以搭原公子的便船，那就省事多了。」

這人只要遇見他看得順眼的人，肚子裡就連半句話也藏不住了。

張三忍不住瞪了他一眼，冷冷地道：「你先莫歡喜，原公子是否肯讓我們同船而行，還不一定哩。」

胡鐵花道：「我看原公子也是個好客的人，絕不會趕我們下船去的。」

原隨雲拊掌笑道：「在下與各位萍水相逢，不想竟能得交胡大俠這樣的義氣知己。」

他再次舉杯，道：「請……各位請。」

這條船不但比海闊天的船大得多，船艙的陳設也更華麗。

原隨雲也比海闊天招待得更周到。

船艙裡早已準備了乾淨的衣服，而且還有酒。

胡鐵花倒在床上，嘆了口氣，道：「世家子畢竟是世家子，畢竟和別人不同。」

張三道：「有什麼不同？難道他鼻子是長在耳朵上的？」

胡鐵花道：「就算他沒有鼻子，我也瞧著順眼。你瞧人家，不但說話客氣，對人有禮，而且又誠懇，又老實，至少比你強一百八十倍。」

張三冷笑道：「這就叫：王八瞧綠豆，對了眼。」

胡鐵花搖著頭，喃喃道：「這小子大概有毛病，說話就好像吃了辣椒炒狗屎似的，又衝又臭，也不知人家哪點惹了他。」

張三道：「他當然沒有惹我，可是我卻總覺得他有點討厭。」

胡鐵花跳了起來道：「討厭？你說他討厭？他哪點討厭？」

張三道：「就憑他說話那種文謅謅、酸溜溜的樣子，我就覺得討厭，就覺得他說的並不是老實話。」

胡鐵花瞪眼道：「人家什麼地方騙了我們？你倒說說看！」

張三道：「我說不出來了。」

胡鐵花眼睛瞪得就好像個雞蛋，瞪了半晌，突又笑了，搖著頭笑道：「老臭蟲，你看這人是不是有毛病？而且病還很重。」

每次兩個人鬥嘴的時候，楚留香都會忽然變成個聾子。

這時他才笑了笑，道：「原公子的確有很多非人能及之處，若非微有缺陷，今日江湖中只怕已沒有人能和他爭一日之長短。」

胡鐵花瞟了張三一眼，冷笑道：「小子，你聽見了沒有？」

張三道：「我不是說他沒本事，只不過說他熱心得過了度，老實得也過了度。」

胡鐵花道：「熱心和老實又有什麼不好？」

張三道：「好是好，只不過一過了度，就變成假的了。」

他不讓胡鐵花說話，搶著又道：「像他這種人，城府本極深，對陌生人本不該如此坦白的；何況，他此行本來就很機密。」

胡鐵花大聲叫道：「那是因爲人家瞧得起我們，把我們當朋友。你以爲天下人都跟你一樣，既不懂好歹，也不分黑白。」

張三冷笑道：「至少我不會跟你一樣，喝了人家幾杯老酒，聽了人家幾句好話，就恨不得將自己的心肝五臟都掏出來給人了。」

胡鐵花好像真的有點火了，道：「朋友之間，本就該以肺腑相見，肝膽相照。只有你這種小人，才會以小人之心去度君子之腹。」

張三道：「你以爲人家會拿你當朋友？交朋友可不是撿豆子，哪有這麼容易！」

胡鐵花道：「這就叫：白首如新，傾蓋如故。」

他自己剛學會這兩句話，還生怕別人聽不懂，又解釋著道：「這句話就是說，有些人認識了一輩子，到頭髮都白了的時候，交情還是和剛見面時一樣；有些人剛認識，就變成了知己。」

張三冷冷道：「想不到我們胡二爺真的愈來愈有學問了。」

胡鐵花道：「何況，騙人總有目的，人家為什麼要騙我們？論家世、論身分、論名聲，我們哪點能比得上人家？人家要貪圖我們什麼？」

張三道：「也許……他跟我們其中的一個人有仇。」

胡鐵花道：「他根本沒有在江湖中混過，這些人他一個也不認得，會跟誰有仇？」

張三也開始摸鼻子——這毛病就像是會傳染的。

胡鐵花忍不住笑道：「你就算把鼻子都揉破，這道理還是一樣說不通的。老臭蟲，你說對不對？」

楚留香笑道：「對，很對——只不過張三說的話也不很錯。我們大劫餘生，一口氣還沒有緩過來，能小心些總是好的。」

張三忽又道：「這條船倒很規矩，既沒有秘道，也沒有複壁，我已經查過了。」

胡鐵花笑道：「這小子總算說了句良心話。」

張三道：「可是，有件事我還是覺得很奇怪。」

胡鐵花道：「什麼事？」

張三道：「每條船的構造，都是差不多，只不過這條船大些，所以，正艙的船艙一共有八間。」

胡鐵花道：「不錯。」

張三道：「現在，金姑娘住了一間，英老頭和白小子住了一間，我們三個人擠在一間。」

胡鐵花嘆了口氣，喃喃道：「這小子又開始在說廢話了。」

張三道：「這絕不是廢話……既然有八間艙房，原隨雲就應該讓我們住得舒服些才是，爲什麼要將我們三個人擠在一起？」

胡鐵花道：「也許……他知道我們這三個臭皮匠是分不開的。」

張三道：「可是……」

胡鐵花打斷了他的話，搶著又道：「這也可以證明他對我們沒有惡意，否則他若將我們分開，下手豈非就容易了……你難道已忘了丁楓對付我們的法子？」

這次張三等他說完了，才慢慢地問道：「可是，剩下的那五間給誰住呢？」

胡鐵花道：「當然是他自己。」

張三道：「他只有一個人，一個人總不能住五間屋子。」

胡鐵花道：「另外四間也許是空的。」

張三道：「絕不會是空的。」

胡鐵花道：「爲什麼不會是空的？我們沒有來的時候，這三間豈非也是空的。」

張三道：「這三間也許是，那四間卻絕不是。」

胡鐵花道：「爲什麼？」

張三道：「我剛才已留意過，那四間艙房的門都是從裡面拴住的。」

胡鐵花道：「就算有人住又怎麼樣？屋子本就是給人住的，有什麼好奇怪？」

張三道：「可是那四個艙房裡住的人，一直都沒有露面，好像見不得人似的。」

胡鐵花眨了眨眼睛，道：「也許……那裡面住的是女人，知道有幾條大色狼上船來了，自然要將房門關得緊緊的，也免得引狼入室。」

張三道：「原隨雲既然是個正人君子，又怎麼會藏著女人？」

胡鐵花笑道：「君子又怎樣？君子也是人呀，也一樣要喝酒，要女人的。『窈窕淑女，君子好逑』這句話你難道沒聽過？」

張三也笑了，笑罵道：「所以你也覺得自己很像是個君子了，是不是？」

胡鐵花笑道：「胡先生正不折不扣的是個大大的君子，老臭蟲也是個……」

他轉過頭，才發現楚留香已睡著了。

除非真的醉了，胡鐵花總是最遲一個睡著的。有時候他甚至會終宵難以成眠，所以常常半夜起來找酒喝。

別人說他是酒鬼，他笑笑；別人說他是浪子，他也笑笑。

別人看他整天嘻嘻哈哈，胡說八道，都認爲他是世上最快樂、最放得開、最沒有心事的人。

他自己的心事，只有他自己知道。

他用盡千方百計甩脫了高亞男，到處去拈花惹草，別人認爲他「很有辦法」，他自己似乎也覺得很得意。

可是他的心，卻始終是空的，說不出的寂寞，說不出的空虛，尤其是到了夜深人靜的時候，他寂寞得簡直要發瘋。

他也想能找到個可以互相傾訴、互相安慰、互相了解的伴侶，卻又始終不敢將自己的情感付出去。

他已在自己心的外面築了道牆，別人的情感本就進不去。

他只有到處流浪，到處尋找。

但尋找的究竟是什麼，他自己也不知道。

他常常會後悔，後悔自己爲什麼要對高亞男那麼殘忍。

也許他始終都是在愛著高亞男的。

可是他自己卻又拒絕承認。

「人們爲什麼總是對已得到的情感不知加以珍惜，卻在失去後再追悔呢？」

這種痛苦，也許只有楚留香才能了解。

因為楚留香也有著同樣的痛苦，只不過他比胡鐵花更能克制自己——但克制得愈厲害，痛苦是否也就愈深呢？

胡鐵花暗中嘆了口氣，告訴自己，「我的確累了，而且有點醉了，我應該趕快睡著才是。」

痛苦的是，愈想趕快睡著的人，往往愈睡不著。

張三也睡了，而且已開始打鼾。

胡鐵花悄悄爬起來，摸著酒瓶，本想將張三弄醒，陪他喝幾杯。

也就在這時，他忽然聽到外面有腳步聲。

腳步聲很輕，輕得就彷彿是鬼魂。

如此深夜，還有誰在走動？難道也是個和胡鐵花同樣寂寞，同樣睡不著的人？卻不知是不是也和胡鐵花同樣想喝酒。

喝酒正和賭錢一樣，人愈多愈好，有時甚至連陌生人都無妨；酒一喝下去，陌生人也變成了朋友。

「不管他是誰，先找他來陪我喝兩杯再說。」

胡鐵花心裡正在打著主意，忽又想到在海闊天船上發生的那些事情，想起張三方才所說的那些話。

「難道這條船上真藏著對我們不懷好意的人？」

想到這裡，胡鐵花立刻開了門，一閃身，魚一般滑了出去。

走道裡沒有人影，連腳步聲都聽不到了。

對面一排四間艙房，果然有人住，門縫下還有燈光漏出。

胡鐵花真恨不得撞開門瞧瞧，躲在裡面的人究竟是誰？

但裡面住的若真是原隨雲的姬妾，那笑話可真鬧大了。

胡鐵花伸出手，又縮回。

他覺得那腳步聲彷彿是向甲板上走過去的。

他也跟了過去。

風暴並不如想像中那麼大，現在似已完全過去，滿天星光燦爛，海上風平浪靜，點點星火，盡都映入了碧海裡。

船舷旁，癡癡地站著一個人，似乎正在數著海裡的星影。

輕輕地風，吹得她髮絲亂如相思。

是誰？

如此星辰如此夜，她又是「爲誰風露立中宵」？

胡鐵花悄悄地走過去，走到她身後，輕輕地咳嗽了一聲。

聽到這聲咳嗽，她才猝然轉身。

是金靈芝。

滿天星光，映上了她的臉，也閃亮了她目中晶瑩的淚光。

她在哭。

這豪氣如雲，甚至比男人還豪爽的巾幗英雄，居然會一個人站在深夜的星光下，一個人偷偷地流淚。

胡鐵花怔住了。

金靈芝已轉回頭，厲聲道：「你這人怎麼總是鬼鬼祟祟的，三更半夜還不睡覺，到處亂跑幹什麼？」

她聲音雖然還是和以前一樣兇，卻再也騙不過胡鐵花了。

胡鐵花反而笑了，道：「你三更半夜不睡覺，又爲的是什麼？」

金靈芝咬著嘴唇，大聲道：「我的事，你管不著，走開些。」

胡鐵花的腳就好像釘在甲板上了，動也沒有動。

金靈芝跺腳道：「你還站在這裡幹什麼？」

胡鐵花嘆了口氣，悠悠道：「我也和你一樣睡不著，想找個人聊聊。」

金靈芝道：「我……我跟你沒什麼好聊的。」

胡鐵花瞧了瞧還在手裡的酒樽，道：「就算沒什麼好聊的，喝杯酒總是可以吧？」

金靈芝突然沉默了下來，過了很久，突然回頭，道：「好，喝就喝。」

星光更亮，風露也更重了。

胡鐵花卻覺得溫暖了起來，雖然兩人連一句話都沒有說。

一樽酒，已很快的喝了下去。

胡鐵花這才開口，道：「還有沒有意思再喝？」

金靈芝目光遙注著遠方，慢慢道：「你去找來，我就喝。」

胡鐵花找酒的本事，比貓找老鼠還大。

這次他找來了三瓶。

第二瓶酒喝光的時候，金靈芝的眼波已朦朧，朦朧得正如海裡的星影。

星影在海水中流動。

金靈芝忽然道：「今天的事，不准你對別人說。」

胡鐵花眨了眨眼，道：「什麼事?說什麼?」

金靈芝咬著嘴唇，道：「我有個很好的家，有很多兄妹，生活一直過得很安逸，別人也都認為我很快樂，是麼？」

胡鐵花道：「嗯。」

金靈芝道：「我要別人永遠認為我很快樂，你明白麼？」

胡鐵花慢慢地點了點頭，道：「我明白，你方才只不過是在看星星，根本沒有流淚。」

金靈芝扭轉頭，道：「你能明白就好。」

胡鐵花長長嘆息了一聲，道：「我也希望別人都認為我快樂，但快樂又是什麼呢？」

金靈芝道：「你……你也不快樂？」

胡鐵花笑了笑，笑得已有些淒涼，緩緩道：「我只知道表面上看來很快樂的人，卻往往會很寂寞。」

金靈芝猝然回頭，凝注著他。

她的眼波更朦朧，也更深邃，比海水更深。

她彷彿第一次才看到胡鐵花這個人。

胡鐵花也像是第一次才看清她，才發現她是女人。

很美麗的女人。

後艄有人在轉舵，航行的方向突然改變。

船，傾斜。

金靈芝的身子也跟著傾斜。

她伸出手，想去扶船舷，卻扶住了胡鐵花的手。

現在，連星光似也漸漸朦朧。

朦朧的星光，朦朧的人影。

沒有別人，沒有別的聲音，只有輕輕地呼吸，溫柔地呼吸。

因爲現在無論說什麼都已多餘。

也不知過了多久……

金靈芝幽幽道：「我……我一直都認爲你很討厭我。」

胡鐵花道：「我也一直都認爲你很討厭我。」

兩人目光相遇，都笑了。

滿天星光，似乎都已溶入了這一笑裡。

金靈芝慢慢地提起個酒瓶，慢慢地傾入海水裡。

有了情，又何必再要酒？

金靈芝眨著眼道：「我把酒倒了，你心不心疼？」

胡鐵花道：「你以爲我真是個酒鬼？」

金靈芝柔聲道：「我知道……一個人若是真的很快樂，誰也不願當酒鬼的。」

胡鐵花凝注著她，忽然笑了笑，道：「老臭蟲自以爲什麼事都瞞不過他，但有些事情，他也一定想不到。」

金靈芝道：「什麼事？」

胡鐵花的手握得更緊，柔聲道：「他一定想不到你也會變得這麼溫柔。」

金靈芝咬著嘴唇，嫣然道：「他一定總認爲我是個母老虎，其實……」

她忽然又輕輕地嘆了口氣，幽幽的接著說道：「一個人若是真的很快樂，誰也不願意作母老虎的。」

突聽一人冷笑著道：「母老虎配酒鬼，倒真是天生的一對兒。」

船舷的門，是朝外開的。

門背後有個陰影。

這冷笑聲正是從門後的陰影中發出來的。

金靈芝猝然轉身，揮手，手裡的空酒瓶箭一般打了出去。

陰影中也伸出隻手，只輕輕一抄，就已將這隻酒瓶接住。

星光之下看來，這隻手也很白，五指纖纖，柔若無骨。

但手的動作卻極快，也很巧妙。

胡鐵花身形已展開，大鳥般撲了過去。

酒瓶飛回，直打他面門。

胡鐵花揮掌，「啵」的，瓶粉碎，他身形已穿過，撲入陰影。

陰影中也閃出了條人影。

胡鐵花本可截住她的，但也不知爲了什麼，他的人似乎突然怔住。人影再一閃，已不見。

金靈芝趕過去，胡鐵花還怔在那裡，眼睛直勾勾的向前瞪著，目中充滿了驚奇之色，就好像突然見到了鬼似的。

船艄後當值掌舵的水手，什麼人也沒有瞧見。

那人影到哪裡去了？莫非躲入了船艙？

金靈芝轉了一圈，再折回。

胡鐵花還是呆呆的怔在那裡，連動都沒有動過。

金靈芝忍不住道：「你看到那個人了，是不是？」

胡鐵花道：「嗯。」

金靈芝道：「她是誰？」

胡鐵花搖了搖頭。

金靈芝道：「你一定認得她的，是不是？」

胡鐵花道：「好像……」

他只說了兩個字，立刻又改口，道：「我也沒有看清。」

金靈芝瞪著他，良久良久，才淡淡道：「她說話的聲音倒不難聽，只可惜，不是女人應該說的話。」

胡鐵花道：「哦，是麼？」

金靈芝冷冷地道：「有些人真有本事，無論走到哪裡，都會遇見老朋友……這種人若還要說自己寂寞，鬼才相信。」

這句話還沒有說完，她已扭過頭，走下船艙。

胡鐵花想去追，又停下，皺著眉，喃喃道：「難道真的是她？……她怎會在這裡？」

十四 人魚

天已亮了。

那四間艙房的門，始終是關著的，既沒有人走進去，也沒有人走出來，更聽不到說話的聲音。

胡鐵花一直坐在梯口，盯著這四扇門。

他整個人都彷彿變得有些癡了，有時會微笑著，像是想到了什麼很開心的事，有時忽然又會皺起眉，喃喃自語：「會不會是她？……她看到了什麼？」

第一個走出門的，是張三。

在水上生活的人，就好像是魚一樣，活動的時候多，休息的時候少，所以起得總是比別人早。

他看到胡鐵花一個人坐在樓梯上，也怔了怔，瞬即笑道：「我還以爲又不知道到哪裡去偷酒喝了，想不到你還這麼清醒，難得難得。」

胡鐵花道：「哼。」

張三道：「但你一個人坐在這裡發什麼怔？」

胡鐵花正一肚子沒好氣，幾乎又要叫了起來，大聲道：「你打起鼾來簡直就像條死豬，而我又不是聾子，怎麼受得了？」

張三上上下下瞧了他兩眼，喃喃道：「這人只怕是吃錯藥了……有些女人聽不到我打鼾的聲音，還睡不著覺哩。」

他手裡提著臉盆，現在就用這臉盆作盾牌，擋在面前，彷彿生怕胡鐵花會忽然跳起來咬他一口似的。

胡鐵花橫了他一眼，冷冷道：「你擋錯地方了，爲什麼不用臉盆蓋著屁股？我對你的臉實在連一點興趣也沒有。」

張三道：「你倒應該找樣東西來把臉蓋住才對，你的臉簡直比屁股還難看。」

話未說完，他已一溜煙逃了上去。

跟著走出來的是楚留香。

他看到胡鐵花一個人坐在那裡，也覺得很驚訝，皺著眉打量了幾眼，才道：「你的臉色怎麼會這麼難看？」

胡鐵花本來已經火大了，這句話更無異火上加油，臉拉得更長，道：「你的臉好看！你真他媽的是個小白臉。」

楚留香反而笑了，搖著頭笑道：「看起來我剛好又做了你的出氣筒，卻不知是誰又得罪了你，還是張三？」

胡鐵花冷笑道：「我才犯不著爲那條瘋狗生氣，他反正是見人就咬的。」

楚留香又上上下下瞧了他兩眼，沉聲道：「昨天晚上莫非出了什麼事？」

胡鐵花用力咬著嘴唇，發了好一會兒呆，忽然拉著楚留香跑上甲板，跑到船艙後，目光不停地四下搜索，像是生怕有人來偷聽。

胡鐵花說話一向很少如此神秘的。

楚留香忍不住又問道：「昨天晚上你究竟瞧見了什麼事？」

胡鐵花嘆了口氣，道：「什麼也沒有瞧見，只不過瞧見了個鬼而已。」

他一臉失魂落魄的樣子，倒真像是撞見了鬼。

楚留香皺眉道：「鬼？什麼鬼？」

胡鐵花道：「大頭鬼，女鬼……女大頭鬼。」

楚留香忍不住要摸鼻子了，苦笑道：「你好像每隔兩天要撞見一次女鬼，看上你的女鬼倒真不少。」

胡鐵花道：「但這次我撞見的女鬼是誰，你一輩子也猜不到。」

楚留香沉吟著道：「那女鬼難道我也見過？」

胡鐵花道：「你當然見過，而且還是很老的老朋友哩。」

楚留香笑了笑，道：「總不會是高亞男吧？」

胡鐵花道：「一點也不錯，就是高亞男。」

楚留香反倒怔住了，喃喃道：「她怎會在這條船上？你會不會看錯人？」

胡鐵花叫了起來，道：「我會看錯她！……別的人也許我還會看錯，可是她……她就算燒成灰，我也認得的。」

楚留香沉吟著，道：「她若真的在這條船上，枯梅大師想必也在。」

胡鐵花道：「我想了很久，也覺得這很有可能，因爲她們的船也沉了，說不定也都是被原隨雲救上來的。」

楚留香道：「而且，她們的目的地也正和原公子一樣。」

胡鐵花道：「那老怪物脾氣一向奇怪，所以才會整天關著房門，不願見人。」

楚留香慢慢地點了點頭。

胡鐵花道：「原隨雲想必也看出她的毛病了，所以才沒有爲我們引見。」

楚留香忽然道：「她看到你，說了什麼話沒有？」

胡鐵花道：「什麼也沒有說……不對，只說了一句話。」

楚留香道：「她說什麼？」

胡鐵花的臉居然也有點發紅，道：「她說，母老虎配酒鬼，倒真是天生的一對。」

楚留香又怔了怔，道：「母老虎？……母老虎是誰啊？」

胡鐵花苦笑道：「你看誰像母老虎，誰就是母老虎了。」

楚留香更驚訝，道：「難道是金靈芝？」

胡鐵花嘆了口氣，道：「其實她倒並不是真的母老虎，她溫柔地時候，你永遠也想像不到。」

楚留香盯著他，道：「昨天晚上，你難道跟她……做了什麼事？」

胡鐵花嘆道：「什麼事也沒有做，就被高亞男撞見了。」

楚留香搖頭笑道：「你的本事倒真不小。」

胡鐵花道：「我就知道你一定會吃醋的。」

楚留香笑道：「吃醋的只怕不是我，是別人。」

胡鐵花眨著眼，道：「你的意思是……她？」

楚留香笑道：「那句話裡的醋味，你難道還嗅不出來？」

胡鐵花也開始摸鼻子了。

楚留香道：「她還在吃你的醋，就表示她還沒有忘記你。」

胡鐵花長長嘆了口氣，道：「老實說，我也沒有忘記她。」

楚留香用眼角瞟著他，淡淡道：「她也正是個母老虎，和你也正是天生的一對。只不過……」

他嘆息著，接著道：「一個男人同時見兩個母老虎，若是還能剩下幾根骨頭，運氣已經很不錯了。」

胡鐵花咬著牙，道：「好小子，我找你商量，你反倒想看我出洋相。」

楚留香悠然道：「老實說，我倒真想看看你這齣戲怎麼收場。」

胡鐵花沉默了半晌，忽然道：「無論如何，我都得去找她一次。」

楚留香道：「找她幹什麼？」

胡鐵花道：「我去跟她解釋解釋。」

楚留香道：「怎麼樣解釋？」

胡鐵花也怔住了。

楚留香道：「這種事愈描愈黑，你愈解釋，她愈生氣。」

胡鐵花點著頭，喃喃道：「不錯，女人本就不喜歡聽真話，我騙人的本事又不如你……看來還是你替我去解釋解釋的好。」

楚留香笑道：「這次我絕不會再去替你頂缸了。何況……枯梅大師現在一定還不願暴露自己的身分，我們若去見她，豈非正犯了她的忌？」

他苦笑著，接道：「你知道，這位老太太，我也是惹不起的。」

胡鐵花鼻子已摸紅了，嘆道：「那麼，你說我該怎麼辦呢？」

楚留香道：「我只問你，你喜歡的究竟是誰？是金姑娘？還是高姑娘？」

胡鐵花道：「我……我……我也不知道。」

楚留香又好氣又好笑，道：「既然如此，我也沒法子了。」

胡鐵花又拉住了他，道：「你想不管可不行。」

楚留香苦笑道：「我該怎麼管法？我又不是你老子，難道還能替你選老婆不成？」

胡鐵花苦著臉道：「你看這兩人會對我怎麼樣？」

楚留香失笑道：「你放心，她們又不是真的母老虎，絕不會吃了你的。」

胡鐵花道：「可是……可是她們一定不會再理睬我了。」

楚留香道：「現在當然不會理你，但你若能沉得住氣，也不理她們，她們遲早會來找你的。」

他笑了笑接道：「這就是女人的脾氣，你只要摸著她們的脾氣，無論多兇的女人，都很好對付的。」

原隨雲正站在樓梯上。

船艙裡有陣陣語聲傳來，聲音模糊而不清，一千萬人裡面，絕不會有一個人能聽得清這麼輕微的人語聲。

但原隨雲卻在聽。

他是否能聽得清？

楚留香果然沒有猜錯，胡鐵花也居然很有些自知之明。

金靈芝非但沒有睬他，連瞧都沒有瞧他一眼，彷彿這世上根本就沒有這個人存在似的。

她有意無意間坐到白獵旁邊位子上，而且居然還對他笑了笑，居然還笑得很甜。

白獵的魂都已飛了。

等胡鐵花一走進來，金靈芝居然向白獵嫣然笑道：「這螺絲很不錯，要不要我挾一點給你嘗嘗呀？」

當然要，就算金靈芝挾塊泥巴給他，他也照樣吞得下去。

金靈芝真的挾了一個給他，他幾乎連殼都吞了下肚。

女人若想要男人吃醋，什麼法子都用得出的——女人若想故意惹那男人吃醋，也就表示她在吃他的醋。

這道理胡鐵花很明白。

所以他雖然也有一肚子火，表面看來卻連一點酸意都沒有。

金靈芝的戲再也唱不下去了。

等白獵回敬她一塊皮蛋的時候，她忽然大聲道：「你就算想替別人挾菜，至少也得選雙你自己沒有用過的筷子，你不嫌你自己髒，別人都會嫌你髒的，這規矩你難道不懂？」

話未說完，她已站了起來，頭也不回的走了出去。

白獵傻了，一張臉簡直變得比碟裡的紅糟魚還紅。

胡鐵花實在忍不住想笑，就在這時，突聽甲板上傳來一陣歡呼！

魚汛。

大家都擁到船舷旁，海水在清晨的陽光下看來，就彷彿是一大塊透明的翡翠，魚群自北至南，銀箭般自海水中穿過。

船，正好經過帶著魚汛的暖流。

胡鐵花已看得怔住了，喃喃道：「我一輩子裡見過的魚，還沒有今天一半多，這些魚難道都瘋了麼，成群結黨的幹什麼？」

張三道：「搬家。」

胡鐵花更奇怪了，道：「搬家？搬到哪裡去？」

張三笑了笑，道：「剛說你有學問，你又沒學問了……魚也和人一樣怕冷的，所以每當秋深冬至的時候，就會乘著暖流游。」

他接著又道：「這些魚說不定已游了幾千里路，所以肉也變得特別結實鮮美，海上的漁夫們往往終年都在等著這一次豐收。」

胡鐵花嘆了口氣，道：「你對魚懂得的的確確不少，只可惜卻連一點人事也不懂。」

原隨雲一直遠遠地站著，面帶著微笑，此刻忽然道：「久聞張三先生快網捕魚，冠絕天下，不知今日是否也能令大家一開眼界？」

他自己雖然什麼都瞧不見，卻能將別人的快樂當做自己的快樂。

張三還在猶疑著，已有人將漁網送了過來。

捕魚，下網，看來只不過是件很單調、很簡單的事，一點學問也沒有，更談不上什麼特別的技巧。

其中的巧妙，也許只有魚才能體會得到。

這正如武功一樣，明明是同樣的一招「撥草尋蛇」，有些人使出來，全無效果，有些人使出來，卻能制人的死命。

那只因他們能把握住最恰當的時候、最好的機會。

機會總是稍縱即逝的，所以要能把握住機會，就得要有速度。

其中自然還得有點運氣——無論做什麼事都得要有點運氣。

但「運氣」也不是從天上掉下來的；一個人若是每次都能將機會把握住，他的「運氣」一定永遠都很好。

船行已漸緩。

船艄有人在呼喝：「落帆，收篷……」

船打橫，慢慢地停下。

張三手裡的漁網突然烏雲般撒出。

原隨雲笑道：「好快的網，連人都未必能躲過，何況魚？」

只聽那風聲，他已可判斷別人出手的速度。

張三的腳，就像釘子般釘在甲板上，全身都穩如泰山。

他的眼睛閃著光，一個本來很平凡的人，現在卻突然有了魅力，有了光彩，就好像忽然間完全變了個人似的。

胡鐵花嘆了口氣，喃喃地道：「我真不懂，爲什麼每次張三撒網的時候，我就會覺得他可愛多了。」

楚留香微笑道：「這就好像王瓊一樣。」

胡鐵花道：「王瓊是誰？」

楚留香道：「是多年前一位很有名的劍客，但江湖中知道他這人的卻不多。」

胡鐵花道：「爲什麼？他和張三又有什麼關係？」

楚留香道：「這人又髒、又懶、又窮，而且還是個殘廢，所以從不願見人，只有在迫不得已的時候，才肯拔劍。」

胡鐵花道：「拔了劍又如何呢？」

楚留香道：「只要劍一拔出，他整個人就像是突然變了，變得生氣勃勃，神采奕奕。那時絕不會有人再覺得他髒，也忘了他是個殘廢。」

胡鐵花想了想，慢慢地點了點頭，道：「我明白了，因爲他這一生，也許就是爲了劍而活著的，他已將全部精神寄托在劍上，劍，就是他的生命。」

楚留香笑了笑，道：「這解釋雖然不太好，但意思已經很接近了。」

這時張三的呼吸已漸漸開始急促，手背上的青筋已一根根暴起，腳底也發出了摩擦的聲音。

已在收網。

這一網的份量顯然不輕。

原隨雲笑道：「張三先生果然好手段，第一網就已豐收。」

胡鐵花道：「來，我幫你一手。」

網離水，「嘩啦啦」一陣響，飛上了船，「砰」的，落在甲板上。

每個人都怔住。

網中竟連一條魚都沒有。

只有四個人，女人。

四個赤裸裸的女人。

四個健康、豐滿、結實、充滿野性誘惑力的女人。

雖然還蜷曲在網中，但這層薄薄的漁網非但未能將她們那健美的胴體遮掩，反而更增加了幾分誘惑。

船上每個男的呼吸都急促——只有看不見的人是例外。

原隨雲面帶著微笑，道：「卻不知這一網打起的是什麼魚？」

胡鐵花摸了摸鼻子，道：「是人魚。」

原隨雲也有些吃驚了，失聲道：「人魚？想不到這世上真有人魚。」

楚留香道：「不是人魚，是魚人——女人。」

原隨雲道：「是死是活？」

胡鐵花道：「想必是活的，世上絕沒有這麼好看的死人。」

他嘴裡說著話，已想趕過去放開漁網，卻又突然停住。

他忽然發現金靈芝正遠遠地站在一邊，狠狠的瞪著他。

大家心裡雖然都想去，但腳下卻像是生了根；若是旁邊沒有人，大家只怕都已搶著去了。但被幾十雙眼睛盯著，那滋味並不是很好受的。

有的人甚至已連頭都扭過去，不好意思再看。

楚留香笑了笑，道：「原公子，看來還是由你我動手的好。」

原隨雲微笑道：「不錯，在下是目中無色，香帥卻是心中無色，請。」

他雖然看不到，但動作卻絕不比楚留香慢。

兩人的手一抖，漁網已鬆開。

每個人的眼睛都亮了，扭過頭的人也忍不住轉回。

初升的陽光照在她們身上，她們的皮膚看來就像是緞子。

柔滑、細膩，而且還閃著光。

皮膚並不白，已被日光曬成淡褐色，看來卻更有種奇特的煽動力，足以煽起大多數男人心裡的火燄。

健康，本也就是「美」的一種。

何況，她們的胴體幾乎全無瑕疵，腿修長結實，胸膛豐美，腰肢纖細，每一處都似乎帶種原始的彈性，也足以彈起男人的靈魂。

原隨雲卻嘆了口氣，道：「是死的。」

胡鐵花忍不住道：「這樣的女人若是死的，我情願將眼珠子挖出來。」

原隨雲道：「但她們已沒有呼吸。」

胡鐵花皺了皺眉，又想過去了，但金靈芝已忽然衝過來，有意無意間擋在他前面，彎下腰，手按在她們的胸膛上。

楚留香道：「如何？」

金靈芝道：「的確已沒有呼吸，但心還在跳。」

楚留香道：「還有救麼？」

胡鐵花又忍不住道：「既然心還在跳，當然還有救了。」

金靈芝回頭瞪著他，大聲道：「你知道她們是受了傷？還是得了病？你救得了麼？」

胡鐵花揉了揉鼻子，不說話了。

張三一直怔在那裡，此刻才喃喃道：「我只奇怪，她們是從哪裡來的？又怎麼會鑽到漁網裡去的？我那一網撒下去時，看到的明明是魚。」

楚留香道：「這些問題慢慢再說都無妨，現在還是救人要緊。」

英萬里道：「卻不知香帥是否已看出她們的呼吸是爲何停止的？」

楚留香苦笑道：「呼吸已停止，心卻還在跳，這情況以前我還未遇見過。」

英萬里沉吟道：「也許……她們是在故意屏住了呼吸。」

原隨雲淡淡道：「她們似乎並沒有這種必要。而且，這四位姑娘絕不會有那麼深的內功，絕不可能將呼吸停頓這麼久。」

英萬里皺眉道：「若連病因都無法查出，又如何能救得了她們？」

原隨雲道：「能救她們的人，也許只有一個人。」

胡鐵花搶著道：「這人在哪裡？」

原隨雲道：「幸好就在船上。」

胡鐵花道：「是誰？」

原隨雲道：「藍太夫人。」

胡鐵花怔住了，過了半晌，才吶吶道：「卻不知道這位藍太夫人又是什麼人？」

其實他當然知道這位藍太夫人就是枯梅大師。

原隨雲道：「江左萬氏，醫道精絕天下，各位想必也曾聽說過。」

英萬里道：「但『醫中之神』藍老前輩早已在多年前仙去，而且聽說他並沒有傳人。」

原隨雲笑了笑，道：「藍氏醫道，一向傳媳不傳女，這位藍太夫人，也正是當今天下藍氏醫道唯一的傳人，只不過……」

他嘆了口氣，道：「卻不知她老人家是否肯出手相救而已。」

胡鐵花忽然想起枯梅大師的醫道也很高明，忍不住脫口道：「我們大家一齊去求她，她老人家想必也不好意思拒絕的。」

只聽一人緩緩道：「這件事家師已知道，就請各位將這四位姑娘帶下去吧。」

胡鐵花的人又怔住。

說話的這人，正是高亞男。

金靈芝瞟了她兩眼，又瞪了瞪胡鐵花，忽然轉頭，去看大海。

海天交界處，彷彿又有一朵烏雲飄了過來。

這兩排八間艙房，大小都差不多，陳設也差不多。

但這間艙房，卻令人覺得特別冷。

因為無論誰看到了枯梅大師，都會不由自主從心裡升起一股寒意。尤其是胡鐵花，他簡直就沒有勇氣走進去。

現在枯梅大師穿的雖然是俗家裝束，而且很華貴，但那嚴峻的神情，那冷厲的目光，還是令人不敢逼視。

她目光掃過胡鐵花時，胡鐵花竟忍不住機伶伶打了個寒噤。

幸好那四位「人魚」姑娘身上已覆著條被單，用木板抬了進來，躺在枯梅大師面前的地上。

所以艙房裡面根本就站不下別的人了，胡鐵花正好乘機躲在門外，卻又捨不得馬上溜走。

高亞男雖然根本沒有瞧他一眼，但他卻忍不住去瞧她。

何況艙房裡還有四條神秘而又誘惑的美人魚呢？

她們究竟是從哪裡來的？

難道海底真有龍宮，她們本是龍王的姬妾，動了凡心，被貶紅塵？

還是海上虛無縹緲間，有個神秘的仙山瓊島，她們本是島上的仙女，爲了貪圖海水的清涼，卻不幸在戲水時落入了凡人的網？

只要是男人，絕沒有一個人會對這件事不覺得好奇的。

胡鐵花怎麼捨得走？既不捨得走，又不敢進去，只有偷偷地在門縫裡竊望，艙房裡沒有聲音，像是沒有人敢說話。

突然身後一人悄悄地道：「你對這件事倒真熱心得很。」

胡鐵花用不著回頭，就知道是金靈芝了。

他只有苦笑，道：「我本來就很熱心。」

金靈芝冷冷道：「網裡的若是男人，你只怕就沒有這麼熱心了吧？」

胡鐵花忽然想起了楚留香的話！

「只要你沉得住氣，她們遲早會來找你。」

「你只要摸著女人的脾氣，無論多兇的女人，都很好對付的。」

想到了這句話，胡鐵花的腰立刻挺直，也冷笑道：「你若將我看成這樣的男人，爲什麼還要來找我？」

金靈芝咬著嘴唇，呆了半晌，忽然道：「今天晚上，還是老時候，老地方……」

她根本不等胡鐵花答應，也不讓他拒絕，這句話還沒有說完，她已去了；等胡鐵花回頭時，早已瞧不見她了。

胡鐵花嘆了口氣，喃喃道：「沒有女人冷冷清清；有了女人雞犬不寧；這句話說得可真不差……」

冷冰冰的艙房裡，唯一的溫暖就是站在牆角的一位小姑娘。

楚留香自從上次遠遠地見過她一次，就始終沒有忘記。

她雖然垂著頭，眼角卻也在偷偷地瞟著楚留香，但等到楚留香的目光接觸到她時，她的臉就紅了，頭也垂得更低。

楚留香只望她能再抬起頭，可惜枯梅大師已冷冷道：「男人都出去。」

她說的話永遠很簡單，而且從不解釋原因。她說的話就是命令。

「砰」的，門關上。門板幾乎撞扁了胡鐵花的鼻子。

張三又在偷偷地笑，悄悄道：「下次就算要偷看，也不必站得這麼近呀！鼻子被壓扁，豈非是得不償失？」

這兩人似乎又要開始鬥嘴了。

楚留香立刻搶著道：「原公子，此間距離那蝙蝠島，是否已很近了？」

原隨雲沉吟著，道：「只有這條船的舵手，知道通向蝙蝠島的海路。據他說，至少還得要再過兩天才能到得了。」

楚留香道：「那麼，不知道這附近你是否知道有什麼無名的島嶼？」

原隨雲道：「這裡正在海之中央，附近只怕不會有什麼島嶼。」

楚留香道：「以原公子之推測，那四位姑娘是從何處來的呢？」

原隨雲道：「在下也正百思不得其解。」

他嘆息了一聲，又道：「故老相傳，海上本多神秘之事，有許多也正是人所無法解釋的。」

胡鐵花也嘆了口氣，道：「如此看來，我們莫非又遇見鬼了，而且又是女鬼。」

張三說道：「她們若真是女鬼，就一定是衝著你來的。」

胡鐵花瞪了他一眼，還未說話。

艙房裡突然傳出一聲呼喊！

呼聲很短促，很尖銳，充滿了驚懼恐怖之意。每個人的臉色都變了。

英萬里動容道：「這好像是方才到甲板上那位姑娘的聲音。」

原隨雲道：「不錯。」

他們兩人的耳朵，是絕不會聽錯的。

但高亞男又怎會發出這種呼聲？她絕不是個隨隨便便就大呼小叫的女人，連胡鐵花都從未聽過她的驚呼。

這次她是為了什麼？艙房裡究竟發生了什麼可怕的事？

難道那四條魚真是海底的鬼魂？此來就是為了要向人索命？

胡鐵花第一個忍不住了，用力拍門，大聲道：「什麼事？快開門。」

沒有回應，卻傳出了痛哭聲。

胡鐵花臉色又變了，道：「是高亞男在哭。」

高亞男雖也不是好哭的女人，但她的哭聲胡鐵花卻是聽過的。她為什麼哭？艙房裡還有別的人呢？

胡鐵花再也顧不了別的，肩頭用力一撞，門已被撞開。

他的人隨著衝了進去。

然後，他整個人就彷彿突然被魔法定住，呼吸也已停頓。

每個人的呼吸都似已停頓。

無論誰都無法想像這艙房裡究竟發生了什麼事，無論誰都無法描敘出此刻這艙房中悲慘可怖的情況。

血——

到處都是血。倒臥在血泊中的，赫然竟是枯梅大師。

高亞男正伏在她身上痛哭。另一個少女早已嚇得暈了過去，所以才沒有聽到她的聲音。

「人魚」本是並排躺著的，現在已散開，誘人的胴體已扭曲，八條手臂都已折斷。

最可怕的是，每個人的胸膛上，都多了個洞。

血洞！

再看枯梅大師焦木般的手，也已被鮮血染紅。

金靈芝突然扭轉身，奔了出去，還未奔上甲板，已忍不住嘔吐起來。

原隨雲面色也變了，喃喃道：「這裡究竟發生了什麼事？血腥氣怎會這麼重？」

沒有人能回答這句話。

這變化實在太驚人、太可怕，誰也無法想像。

枯梅大師的武功，當世已少敵手，又怎會在突然間慘死？

是誰殺了她？

原隨雲道：「藍太夫人呢？難道已……」

高亞男忽然抬起頭，瞪著他，嘶聲道：「是你害了她老人家，一定是你！」

原隨雲道：「我？」

高亞男厲聲道：「這件事從頭到尾，都是你的陰謀圈套。」

她眼睛本來也很美，此刻卻已因哭泣而發紅，而且充滿了怨毒之色，看來真是說不出的可怕。

只可惜原隨雲完全看不見。

他神情還是很平靜，竟連一個字都沒有辯。

難道他已默認？高亞男咬著牙，厲聲道：「你賠命來吧！」

這五個字還未說完，她身形已躍起，瘋狂般撲了過來，五指箕張，如鷹爪，抓向原隨雲的心臟。

這一招詭秘狠辣，觸目驚心！

江湖中人都知道華山派武功講究的是清靈流動，誰也想不到她竟也會使出如此毒辣的招式。

這一招的路數，和華山派其他的招式完全不同。

「難道枯梅大師就是用這一招將人魚們的心摘出來？」

高亞男顯然也想將原隨雲的心摘出來。

原隨雲還是靜靜地站在那裡，彷彿根本未感覺到這一招的可怕。

無論如何，他畢竟是個瞎子，和人交手總難免要吃些虧的，高亞男若非已恨極，也不會用這種招式來對付個瞎子。

胡鐵花忍不住大喝道：「不可以，等……」

他下面的一個字還未說出，高亞男已飛了出去。

原隨雲的長袖只輕輕一揮，她的人已飛了出去，眼看已將撞上牆，而且撞得還必定不輕。

誰知她身子剛觸及牆壁，力道就突然消失，輕輕地滑了下去。

原隨雲這長袖一揮之力，拿捏得簡直出神入化。而且動作之從容，更全不帶半分煙火氣。

縱然是以「流雲袖」名動天下的武當掌門，也絕沒有他這樣的功力。

高亞男身子滑下，就沒有再站起。

她已暈了過去。

胡鐵花臉色又變了，一步竄了過去，俯身探她的脈息。

原隨雲淡淡道：「胡兄不必著急，這位姑娘只不過是急痛攻心，所以暈厥，在下並未損傷她毫髮。」

胡鐵花霍然轉身，厲聲道：「這究竟是不是你的陰謀？」

原隨雲嘆道：「在下直到此刻爲止，還不知道這裡發生的是什麼事？」

胡鐵花道：「但你方才爲何要默認？」

原隨雲道：「在下並未默認，只不過是不願辯駁而已。」

胡鐵花道：「爲何不願辯駁？」

原隨雲淡淡一笑，道：「男人若想和女人辯駁，豈非是在自尋煩惱？」

他對女人居然也了解得很深。

女人若認爲那件事是對的，你就算有一萬條道理，也休想將她說服。

胡鐵花不說話了，因爲他也很了解這道理。

牆角的少女，已開始呻吟。

楚留香拉起了她的兩隻手，將一股內力送入她心脈。

她心跳漸漸加強了。

然後，她的眼張開，瞧見了楚留香，突然輕呼一聲，撲入了楚留香懷裡——似乎要將整個人都埋在楚留香胸膛裡。

她身子不停地發抖，顫聲道：「我怕……怕……」

楚留香輕撫著她披肩的長髮，柔聲道：「不用怕，可怕的事已過去了。」

少女恨恨道：「但她們也休想活，我師父臨死前，已爲自己報了仇。」

原隨雲道：「哦？」

少女道：「她們得手後，立刻就想逃，卻未想到我師父近年已練了摘心手。」

原隨雲動容道：「摘心手？」

少女道：「她老人家覺得江湖中惡人愈來愈多，練這門武功，正是專門爲了對付惡人用的。」

原隨雲沉吟著道：「據說這『摘心手』乃是華山第四代掌門『辣手仙子』華瓊鳳所創，她晚年也自覺這種武功太毒辣，所以嚴禁門下再練，至今失傳已久，卻不知令師是怎會得到其中心法？」

少女似也自知說漏了嘴，又不說話了。

胡鐵花卻搶著道：「藍太夫人本是華山枯梅大師的方外至交，原公子難道沒聽說過？」

胡鐵花居然也會替人說謊了。

只不過，這謊話說的並不高明。

枯梅大師從小出家，孤僻冷峻，連話都不願和別人說，有時甚至終日都不開口，又怎會和遠在江左的藍太夫人交上了朋友？

何況，華山門規素來最嚴，枯梅大師更是執法如山，鐵面無私，又怎會將本門不傳之秘私下傳授給別人？

幸好原隨雲並沒有追問下去。

這位門第高華的武林世家子，顯然很少在江湖間走動，所以對江湖中的事，知道得並不多。

他只是慢慢地點了點頭，緩緩道：「摘心手這種武功，雖然稍失之於偏激狠辣，但用來對付江湖中的不肖之徒，卻再好沒有了……那正是以其人之道，還治其人之身。」

楚留香也嘆了口氣，道：「她老人家若非練成這種武功，只怕就難免要讓她們逃走了。」

胡鐵花道：「爲什麼？她老人家若用別的武功，難道就殺不死她們？」

楚留香道：「別的武功大半要以內力爲根基，才能發揮威力，那時她老人家全身骨骼已散，怎能再提得起真力？」

原隨雲道：「不錯。」

楚留香道：「摘心手卻是種很特別的外門功夫，拿的是種巧勁，所以她老人家才能藉著最後一股氣，將她們一舉而斃。」

原隨雲道：「香帥果然淵博，果然名下無虛。」

胡鐵花道：「縱然如此，她們還是逃不了的。」

楚留香道：「哦？」

胡鐵花冷笑道：「我們又不是死人，難道還會眼看著她們逃走不成？」

楚留香嘆道：「話雖不錯，可是，她們身無寸縷，四個赤裸著的女人，突然衝出來，又有誰會去拉她們？」

他苦笑著，又接道：「而且，正如這位姑娘所說，她們身上又滑又膩，縱然去拉，也未必拉得住。」

胡鐵花冷冷道：「不用拉，也可以留住她們的。」

楚留香道：「可是她們突然衝出，我們還不知道是怎麼回事，又怎會驟下殺手？何況，這艙房又不是只有一扇門。」

艙房中果然有兩扇門，另一扇是通向鄰室的，也正是高亞男她們住的地方，此刻屋子裡自然沒有人。

胡鐵花只好閉上嘴了。

楚留香道：「由此可見，這件事從頭到尾，她們都已有了很周密的計劃，連故意赤裸著身子，也是她們計劃中的一部分。」

原隨雲緩緩道：「她們故意鑽入漁網被人撈起，一開始用的就是驚人之舉，已令人莫測高深，再故意赤裸著身子，令人不敢逼視，更不敢去動她們。」

他嘆了口氣，緩緩接著道：「這計劃不但周密，而且簡直太荒唐、太離奇、太詭秘、太不可思議！」

楚留香嘆道：「這計劃最巧妙的一處，就是荒唐得令人不可思議，所以她們才能得手。」

英萬里突然道：「但其中有一點我卻永遠無法想得通。」

楚留香道：「卻不知是哪一點？」

英萬里道：「在下已看出，她們並沒有很深的內功，又怎能屏住呼吸那麼久？」

楚留香正在沉吟著，原隨雲突然道：「這一點在下或能解釋。」

英萬里道：「請教。」

原隨雲道：「據說海南東瀛一帶島嶼上，有些採珠的海女，自幼就入海訓練，到了十幾歲時，已能在海底屏住呼吸很久；而且因爲在海底活動，最耗體力，所以她們一個個俱都力大無窮。」

英萬里道：「如此說來，這四人想必就是南海的採珠女了。」

胡鐵花跌足道：「原公子既然知道世上有這種人，爲何不早說？」

原隨雲苦笑道：「這種事本非人所想像，在下事先實也未曾想到。」

英萬里道：「只不過，附近並沒有島嶼，她們又是從哪裡來的？」

張三道：「她們又怎會知道藍太夫人在這條船上，怎知她老人家肯出手爲她們醫治？」

原隨雲嘆道：「這些問題也許只有她們自己才能解釋了。」

英萬里也嘆息著道：「只可惜藍太夫人沒有留下她們的活口。」

原隨雲沉吟著，忽然又道：「卻不知令師臨死前可曾留下什麼遺言？」

那少女道：「我……我不知道。」

胡鐵花皺眉道：「不知道？」

那少女囁嚅著道：「我一看到血，就……就暈過去了。」

楚留香道：「我想，藍太夫人也不會說什麼的，因爲她老人家想必也不知道這些人的來歷，否則又怎會遭她們的毒手？」

原隨雲嘆了口氣，道：「她老人家已有數十年未在江湖中走動，更不會和人結下冤仇，那些人爲什麼要如此處心積慮的暗算她？爲的是什麼？」

這也就正是這秘密的關鍵所在。

動機！

沒有動機，誰也不會冒險殺人的。

楚留香並沒有回答這句話，沉默了很久，才嘆息著道：「無論如何，這秘密總有揭穿的一日，現在我只希望這些可怕的事，以後永遠莫要發生了……」

他永遠也想不到要揭穿這些秘密所花的代價是多麼慘重，更不會想到以後這幾天中所發生的事，比以前還要可怕得多！

十五　虛驚

喪禮簡單而隆重。

是水葬。

佛家弟子雖然講究的是火葬，但高亞男和那少女卻並沒有堅持，別的人自然更沒有話說。

楚留香現在已知道那少女的名字叫華真真。

華真真。

她不但人美，名字也美。只不過她的膽子太小，也太害羞。

自從她離開楚留香的懷抱後，就再也不敢去瞧他一眼。

只要他的目光移向她，她的臉就會立刻開始發紅。

他衣襟上還帶著她的淚痕，心裡卻帶著絲淡淡地惆悵。

他不知道下次要到什麼時候才有機會能將她擁入懷裡了。

高亞男更沒有瞧過胡鐵花一眼，也沒有說話。

原隨雲也曾問她：「令師臨死前可曾留下什麼遺言麼？」

當時她雖然只是搖了搖頭，但面上的表情卻很是奇特，指尖也在發抖，彷彿有些驚慌，有些畏懼。

她這是爲了什麼？

枯梅大師臨死前是否對她說了些秘密，她卻不願告訴別人，也不敢告訴別人？

天色很陰沉，似乎又將有風雨。

總之，這一天絕沒有任何一件事是令人愉快的。

這一天簡直悶得令人發瘋。

最悶的自然還是胡鐵花。

他心裡很多話要問楚留香，卻始終沒有機會。一直到晚上，吃過飯，回到他們自己的艙房。

一關起門，胡鐵花就立刻忍不住道：「好，現在你總可以說了吧？」

楚留香道：「說什麼？」

胡鐵花道：「枯梅大師就這樣莫名其妙的死了，你難道沒有話說？」

張三道：「不錯，我想你多多少少總應該已看出了一點頭緒。」

楚留香沉吟著，道：「我看出來的，你們一定也看出來了。」

胡鐵花道：「你爲何不說出來聽聽？」

楚留香道：「第一點，那些行兇的採珠女，絕不是主謀的人。」

胡鐵花道：「不錯，這點我也看出來了，但主謀的人是誰呢？」

楚留香道：「我雖不知道他是誰，但他卻一定知道藍太夫人就是枯梅大師。」

胡鐵花點了點頭，道：「不錯，我也已看出他們要殺的本就是枯梅大師。」

楚留香道：「但枯梅大師也和藍太夫人一樣，已有多年未曾在江湖中走動，她昔日的仇家，也已全都死光了。」

胡鐵花道：「所以最主要的關鍵，還是原隨雲說的那句話——這些人爲什麼要殺她？動機是什麼？」

楚留香道：「殺人的動機不外幾種，仇恨、金錢、女色——這幾點和枯梅大師都絕不會有所牽涉。」

胡鐵花道：「不錯，枯梅大師既沒有仇家，也不是有錢人，更不會牽涉到情愛的糾紛……」

楚留香道：「所以，除了這些動機外，剩下來的只有一種可能。」

胡鐵花道：「什麼可能？」

楚留香道：「因爲這兇手知道他若不殺枯梅大師，枯梅大師就要殺他！」

胡鐵花摸了摸鼻子，道：「你的意思是不是說，這兇手就是出賣『清風十三式』秘密的人？」

楚留香道：「不錯。」

胡鐵花道：「也就是那蝙蝠島上的人，是麼？」

楚留香道：「不錯……他們已發現藍太夫人就是枯梅大師，也知道枯梅大師此行是爲了要揭穿他們的秘密，所以只有先下手爲強，不惜用任何手段，也不能讓她活著走上蝙蝠島去。」

胡鐵花道：「既然如此，他們想必也知道我們是誰了，就該將我們也一齊殺了才是，但是爲何沒有下手？」

張三淡淡道：「他們也許早已發現要殺我們並不是件容易的事，也許……」

楚留香接著說了下去，道：「也許他們早已有了計劃，已有把握將我們全都殺死，所以就不必急著動手。」

胡鐵花道：「難道他們要等到我們到了蝙蝠島再下手麼？」

楚留香道：「這也很有可能，因爲那本就是他們的地盤。天時、地利、人和，無論哪方面他們都占了絕對的優勢，而我們……」

他嘆了口氣，苦笑道：「我們卻連蝙蝠島是個怎麼樣的地方都不知道。」

張三沉吟著，道：「我們要知道那是個怎麼樣的地方，只有問一個人。」

胡鐵花忍不住道：「問誰？」

張三道：「問你。」

胡鐵花怔了怔，失笑道：「你又見了鬼麼？我連做夢都沒有到過那地方去。」

張三眨了眨眼，笑道：「你雖未去過，金姑娘卻去過，你現在若去問她，她一定會告訴你。」

他話未說完，胡鐵花已跳了起來，笑道：「我還有個約會，若非你提起，我倒險些忘了。」

衝出門的時候，胡鐵花才想起金靈芝今天一天都沒有露面，也不知是故意躲著高亞男，還是睡著了。

他指望金靈芝莫要忘記這約會。

也許他自己並沒有很看重這約會，所以才會忘記；但金靈芝若是也忘記了，他就一定會覺得很難受。

男女之間，剛開始約會的時候，情況就有點像「麻桿打狼，兩頭害怕」，彼此都在防備著，都生怕對方會失約。

有時爲了怕對方失約，自己反而先不去了。

胡鐵花幾乎已想轉回頭，但這時他已衝上樓梯。

剛上了樓梯，他就聽到一聲驚呼。

是女人的聲音，莫非是金靈芝？

呼聲中也充滿了驚惶和恐懼之意。

接著，又是「噗咚」一響，像是重物落水的聲音。

胡鐵花的心跳幾乎又停止——難道這條船也和海闊天的那條船一樣，船上躲著個兇手了？

難道金靈芝也和向天飛一樣，被人先殺了，再拋入水裡？

胡鐵花用最快的速度衝了上去，衝上甲板。

他立刻鬆了口氣。

金靈芝還好好地站在那裡，站在昨夜同樣的地方，面向著海洋。

她的長髮在微風中飄動，看來是那麼溫柔，那麼瀟灑。

沒有別的人，也不再有別的聲音。

但方才她爲何要驚呼？她是否瞧見了什麼很可怕的事？

胡鐵花悄悄地走過去，走到她身後，帶著笑道：「我是不是來遲了？」

金靈芝沒有回頭，也沒有說話。

胡鐵花道：「剛才我好像聽到有東西掉下水了，是什麼？」

金靈芝搖了搖頭。

她的髮絲拂動，帶著一絲絲甜香。

胡鐵花忍不住伸出手，輕輕地握住了她的頭髮，柔聲道：「你說你有話要告訴我，爲什麼還不說？」

金靈芝垂下了頭。

她的身子似乎在顫抖。

海上的夜色，彷彿總是特別溫柔，特別容易令人心動。

胡鐵花忽然覺得她是這麼嬌弱，這麼可愛，忽然覺得自己的確應該愛她，保護她。

他忍不住摟住了她的腰，輕輕道：「在我面前，你無論什麼話都可以說的，其實我和那位高姑娘連一點關係也沒有，只不過是……」

「金靈芝」突然推開了他，轉過身來，冷冷地瞧著他。

她的臉在夜色中看來連一絲血色都沒有，甚至連嘴唇都是蒼白的。

她的嘴唇也在發抖，顫聲道：「只不過是什麼？」

胡鐵花已怔住了，整個人都怔住了。

此刻站在他面前的，竟不是金靈芝，而是高亞男。

海上的夜色，不但總是容易令人心動，更容易令人心亂。

胡鐵花的心早就亂了，想著的只是金靈芝，只是他們的約會，竟忘了高亞男和金靈芝本就有著相同的長髮，相同的身材。

站在船舷旁的究竟是誰，他根本就沒有去仔細的分辨。

高亞男瞬也不瞬地瞪著他，用力咬著嘴唇，又問了一句：「只不過是什麼？」

胡鐵花憋了很久的一口氣，到現在才吐出來，苦笑道：「朋友……我們難道不是朋友？」

高亞男突又轉過身，面對著海洋。

她再也不說一句話，可是她的身子卻還在顫抖，也不知是爲了恐懼，還是爲了悲傷。

胡鐵花道：「你……你剛才一直在這裡？」

高亞男道：「嗯。」

胡鐵花道：「這裡沒有出事？」

高亞男道：「沒有。」

胡鐵花遲疑著，吶吶道：「也沒有別人來過？」

高亞男沉默了半晌，突然冷笑道：「你若是約了人在這裡見面，那麼我告訴你，她根本沒有來。」

胡鐵花又猶疑了很久，終於還是忍不住道：「可是我……我剛才好像聽到了別的聲音。」

高亞男道：「什麼聲音？」

胡鐵花道：「好像有東西掉下水的聲音?還有人在驚叫。」

高亞男冷笑道：「也許你是在做夢。」

胡鐵花不敢再問了。

但他卻相信自己的耳朵絕不會聽錯。

他心裡忍不住要問：方才究竟是誰在驚叫？

那「噗通」一聲究竟是什麼聲音？

他也相信金靈芝絕不會失約，因爲這約會本是她自己說的。

那麼，她爲什麼沒有來？她到哪裡去了？

胡鐵花眼前突然出現了一幅可怕的圖畫，他彷彿看到了兩個長頭髮的女孩子在互相爭執，互相嘲罵。然後，其中就有一人將另一人推下了海中。

胡鐵花掌心已沁出了冷汗，突然拉住了高亞男的手，奔回船艙。

高亞男又驚又怒，道：「你這是幹什麼？」

胡鐵花也不回答她的話，一直將她拉到金靈芝的艙房門口，用力拍門。

艙房中沒有回應。

「金靈芝不在房裡……」

胡鐵花的眼睛已發紅，似已看到她的屍體飄浮在海水中。

他只覺胸中一股熱血上湧，忍不住用力撞開了門。

他又怔住。

一個人坐在床上，慢慢地梳著頭髮，卻不是金靈芝是誰？

她的臉也是蒼白的，冷冷地瞪著胡鐵花。

高亞男也在冷冷地盯著他。

胡鐵花只恨不得一頭撞死算了，苦笑道：「你……你剛才爲什麼不開門？」

金靈芝冷冷地道：「三更半夜的，你爲什麼要來敲門？」

胡鐵花就好像被人打了一巴掌，臉上辣辣的，心裡也辣辣的，發了半晌呆，還是忍不住問道：「那麼……你真的根本就沒有去？」

金靈芝道：「到哪裡去？」

胡鐵花也有些火了，大聲道：「你自己約我的，怎會不知道地方？」

金靈芝臉上一點表情也沒有，淡淡道：「我約過你麼？……我根本就忘了。」

她忽然站起來，「砰」的關起了門。

門栓已撞開，她就拖了張桌子過來，將門頂住

聽到她拖桌子的聲音，胡鐵花覺得自己就像是條狗，活活的一條大土狗，被人索著繩子走來走去，自己還在自我陶醉。

幸好別的人都沒有出來，否則他真說不一定會一頭撞死在這裡。

他垂下頭，才發覺自己還是在拉著高亞男的手。

高亞男居然還沒有甩開他。

他心裡又感激，又難受，垂著頭道：「我錯了……我錯怪了你。」

高亞男輕輕道：「這反正是你的老脾氣，我反正已見得多了。」

她的聲音居然已變得溫柔。

胡鐵花抬起頭，才發現她的眼波也很溫柔，正凝注著他，柔聲道：「其實你也用不著難受，女孩子們說的話，本就不能算數的，說不定她也不是存心要騙你，只不過覺得好玩而

已。」

她當然是想安慰他，讓他心裡覺得舒服些。

但這話聽在胡鐵花耳裡，卻真比臭罵他一頓還要難受。

高亞男垂下頭道：「你若還是覺得不開心，我……我可以陪你去喝兩杯。」

胡鐵花的確需要喝兩杯。

到這種時候，他才知道朋友的確還是老的好。

他覺得自己真是混帳加八級，明明有著這麼好的朋友，卻偏偏還要去找別人，偏偏還要傷她的心。

他甚至連眼圈都有些紅了，鼻子也有點酸酸的。

「方才究竟是誰在驚呼？爲什麼驚呼？」

「那『噗咚』一聲響究竟是什麼聲音？」

「金靈芝爲什麼沒有去赴約？是什麼事令她改變了主意？」

這些問題，胡鐵花早已全都忘得乾乾淨淨。

只要還有高亞男這樣的老朋友在身旁，別的事又何必再放在心上？

胡鐵花揉著鼻子，道：「我……我想法子去找酒，你在哪裡等我？」

高亞男笑了，嫣然道：「你簡直還跟七、八年前一模一樣，連一點都沒有變。」

胡鐵花凝注著她，道：「你也沒有變。」

高亞男頭垂得更低，輕輕嘆息道：「我……我已經老了。」

她頰上泛起了紅暈，在朦朧的燈光下，看來竟比七、八年前還要年輕。

一個寂寞的人，遇著昔日的情人，怎麼能控制得住自己？

高亞男如此，胡鐵花又何嘗不如此？

他甚至連剛剛碰的釘子全都忘了，忍不住拉起她的手，道：「我們……」

這兩個字剛說出，突然「轟」的一聲大震。

天崩地裂般的一聲大震！

整條船都似乎被拋了起來，嵌在壁上的銅燈，火光飄搖，已將熄滅。

高亞男輕呼一聲，倒在胡鐵花懷裡。

胡鐵花自己也站不住腳了，踉蹌後退，撞在一個人身上。

張三不知何時已開了門，走了出來。

他來得真快。

莫非他一直都站在門口偷聽？

胡鐵花百忙中還未忘記狠狠瞪了他一眼，低聲道：「看來你這小子真是天生的賊性難移，小心眼睛上生個大痔瘡。」

張三咧嘴一笑，道：「我什麼也沒瞧見，什麼也沒聽見。」

話未說完，他已一溜煙逃了上去。

天地間一片漆黑。

星光月色都已被烏雲掩沒，燈光也都被呼嘯的狂風吹滅。

船身已傾斜，狂風夾帶著巨浪，捲上了甲板。

甚至連呼聲都被吞沒。

除了風聲、浪濤之外，什麼也瞧不見，什麼也聽不見。

誰也不知道究竟出了什麼事！

所有的人都已擁上了甲板，都已被嚇得面無人色，這天地之威，本就是誰都無法抗拒的。

每個人都緊緊抓住了一樣東西，生怕被巨浪捲走、吞沒。

只有幾個人還是穩穩的站在那裡，身上的衣衫雖也被巨浪打得濕透，但神情卻還是很鎮定。

尤其是原隨雲。

他甚至比楚留香更鎮定，只是站在那裡，靜靜地聽著。

誰也不知道他能聽出什麼！

浪頭捲過，一個水手被浪打了過來。

原隨雲一伸手，就撈住了他，沉聲道：「出了什麼事？」

那水手用手擋住嘴，嘶聲道：「船觸礁，船底已開始漏水。」

原隨雲到這時才皺了眉，道：「帶路航行的舵手呢？」

水手道：「沒有瞧見，到處找都沒有找到，說不定已被浪捲走。」

楚留香一直站在原隨雲身旁，此刻突然道：「這條船還可以支持多久？」

水手道：「難說得很，但最多也不會超過半個時辰了。」

楚留香沉吟著，道：「我到前面去瞧瞧。」

他身形躍起，只一閃，似乎也被狂風巨浪所吞沒一般……

礁石羅列。

在黑沉沉的夜色中看來，就像是上古洪荒怪獸的巨牙。

船身幾乎已有一半被咬住。

楚留香忽然發現礁石上彷彿有人影一閃。

如此黑夜，如此狂風，他當然無法分辨出這人的身形面貌。

他只覺這人影輕功高絕，而且看來眼熟得很。

這人是誰？

在這種風浪中，他為何要離開這條船？他到哪裡去？

遠方也是一片黑暗，什麼也瞧不見，從一排排獸牙般的礁石中望過去，彷彿已經到了地獄的邊緣。

這人難道甘心去自投地獄？

只聽一人沉聲道：「香帥可曾發現了什麼？」

原隨雲居然也跟著過來了，而且知道楚留香就在這裡。

他的眼睛瞎了，但心上卻似乎還有另一隻眼。

楚留香沉吟著，道：「礁石上好像有個人……」

原隨雲道：「人？在哪裡？」

楚留香遙視著遠方的黑暗，道：「已向那邊飛奔了過去。」

原隨雲道：「那邊是什麼地方？」

楚留香道：「不知道，我瞧不見。」

原隨雲沉吟著道：「既然有人往那邊走，那邊想必就有島嶼。」

楚留香道：「縱然有，也必定是無人的荒島。」

原隨雲道：「爲什麼？」

楚留香道：「若有人，就必定有燈光。」

原隨雲道：「香帥沒有瞧見燈光？」

楚留香道：「沒有，什麼都沒有。」

原隨雲沉默了很久，才緩緩道：「無論如何，那邊至少比這裡安全些，否則他爲何要往那邊走？」

楚留香點了點頭，道：「他想必知道那邊是什麼地方，我們卻不知道。」

原隨雲道：「所以我們至少也應該過去瞧瞧，總比死守在這裡好。」

胡鐵花也跟了過來，立刻搶著道：「好，我去。」

原隨雲笑了笑，道：「若是在平時，在下自然不敢與各位爭先，但到了這種時候，瞎子能看見的，有眼睛的人也許反而看不見。」

他身形突然掠起，雙袖展動，帶起了一陣勁風，等到風聲消失，他的人也已消失在黑暗裡。

他就像是乘著風走的。

大家彷彿全都怔住了，過了很久，張三才嘆了口氣，喃喃道：「靜如處子，動如脫兔，用這兩句話來形容他，倒真是一點也不錯……你們平時看到他那種斯斯文文的樣子，又有誰能想到他的功夫竟如此驚人？」

胡鐵花也嘆了口氣，道：「若是老天只准我選一個朋友，我一定選他，不選老臭蟲。」

張三冷冷道：「看來你倒比女人還要喜新厭舊。」

楚留香突也嘆了口氣，道：「若換了我，只怕也要選他的。」

張三皺眉道：「爲什麼？」

楚留香道：「因爲我寧可和任何人爲敵，也不願和他爲敵。」

張三道：「你認爲他比石觀音、神水宮主那些人還可怕？」

楚留香的神色很凝重，緩緩道：「老實說，我認爲他比任何人都可怕得多。」

胡鐵花長長吐出了口氣，笑道：「幸好他不是我們的仇敵，而是我們的朋友。」

張三悠悠道：「我只希望他也將我們當做朋友。」

胡鐵花忽又問道：「你剛才真的看到礁石上有個人麼？」

楚留香道：「嗯。」

胡鐵花道：「你當時爲什麼不追過去瞧瞧？」

楚留香道：「那人的輕功未必在我之下，等我要追過去時，已看不到他的人了。」

胡鐵花皺眉道：「輕功和你差不多的人，這世上並沒有幾個，這人會是誰呢？」

楚留香道：「我雖然沒有看清他的身形面貌，但卻覺得他眼熟得很，彷彿是我們認得的人。」

胡鐵花道：「你連他的身形都沒有看清，又怎會知道認得他？」

楚留香道：「那只因他的輕功身法很奇特，而且他的……」

他突然頓住了語聲，眼睛也亮了起來，像是忽然想起了什麼。

胡鐵花忍不住問道：「他的什麼？」

楚留香眼睛發著光，喃喃道：「腿，一點也不錯，就是他的腿。」

胡鐵花道：「他的腿怎麼樣了？」

楚留香道：「他的腿比別人都長得多。」

胡鐵花眼睛也亮了，道：「你說的莫非是……勾子長？」

楚留香沒有說話。

還沒有十分把握確定的事，他從來不下判斷。

他知道一個人的判斷若是下得太快，就難免會造成錯誤。

無論多少的錯誤，都可能造成很大的不幸。

英萬里臉上也變了顏色，搶過來，道：「如此說來，莫非勾子長本來也在這條船上？莫非原隨雲一直在掩護著他？」

張三立刻道：「不錯，空著的艙房本有四間，枯梅大師她們住了三間，也還有一間正好給他……我早就知道這裡面有毛病。」

楚留香卻笑了笑，淡淡道：「你的毛病，就是每次都將判斷下得太早了。」

張三道：「可是我……」

楚留香打斷了他的話，道：「也許他不是從船上去的，而是從那邊島上來的呢？」

胡鐵花道：「是呀，也許他本就在那邊島上，聽到這邊撞船聲音，自然忍不住過來瞧瞧。」

楚留香道：「何況，我根本沒有看清他究竟是誰，這世上腿長的人也很多，本就不止勾子長一個。」

胡鐵花接道：「再說，就算他是勾子長，就算他在這條船上又怎麼樣？那也不能證明原隨雲就是和他一夥的。」

張三道：「真的不能嗎？」

胡鐵花道：「當然不能。」

他瞪著張三，接著道：「我問你，你若是原隨雲，看到有人飄流在海上，你會不會先問清他的來歷，才救他上來？」

張三想也不想，立刻道：「不會，救人如救火，那是片刻也遲不得的。」

胡鐵花拍掌道：「這就對了，原隨雲也許到現在還不知道他是誰。」

張三道：「可是，他至少也該對我們說……」

胡鐵花道：「說什麼？他又怎知道勾子長和我們有什麼過節？勾子長若不願出來交朋友，他又怎能勉強？像他那麼樣的君子，本就不會勉強任何人的。」

張三嘆了口氣，苦笑道：「如此說來，我倒是以小人之心，去度君子之腹了。」

胡鐵花道：「一點也不錯，你這人唯一可取的地方，就是還有點自知之明。」

一陣急風過處，原隨雲已又出現在眼前。

他全身雖已濕透，但神情還是那麼安詳，靜靜地站在那裡，看來就好像根本就未移動過。

胡鐵花第一個搶著問道：「原公子可曾發現了什麼嗎？」

原隨雲道：「陸地。」

胡鐵花喜動顏色，道：「那邊有陸地？」

原隨雲道：「不但有陸地，還有人！」

胡鐵花動容道：「人？多少人？」

原隨雲道：「彷彿很多。」

胡鐵花更詫異，道：「都是些什麼樣的人？」

原隨雲道：「我只聽到人聲腳步，就趕回來了。」

英萬里忍不住道：「原公子為何不問問他們，這裡是什麼地方？」

原隨雲道：「因為他們本就是要來找我們的，現在只怕已經快到了……」

他這句話還沒有說完，礁石上已出現了一行人影。

七、八個人一個跟著一個，走在如此黑暗中，如此險峻的礁石上，還是走得很快、很輕鬆，就彷彿白日下走在平地上似的。

胡鐵花特別留意，其中有沒有一個腿特別長的人。

沒有。

每個人的身材都很纖小，幾乎和女人差不多。現在雖已走得很近，但還沒有人能看得清他們的面貌。

走在最前面的一人，腳步最輕靈，遠遠就停下，站在四、五丈外一塊最尖銳的礁石上。

狂風帶著巨浪捲過，他的人搖搖晃晃的，似乎隨時都可能被巨浪吞噬。但兩、三個浪頭打過，他還是好好地站在那裡。

楚留香一眼就看出這人輕功也很高，而且必定是個女人。

只聽這人道：「來的可是無爭山莊原隨雲原公子的座船麼？」

語聲清越而嬌脆，果然是女人的聲音。

原隨雲道：「在下正是原隨雲，不知閣下……」

那人不等他說完，突然長揖道：「原公子萬里間關，總算到了這裡，奴婢們迎接來遲，但請恕罪。」

原隨雲動容道：「這裡莫非就是蝙蝠島？」

那人道：「正是！」

這兩個字說出來，每個人都長長吐了口氣，卻也不知是驚惶？還是歡喜？

他們的目的地雖然總算到了，可是，在這裡究竟會發生什麼？有幾個人能活著回去？

遠方仍是一片神秘。

蝙蝠島還是被籠罩在無邊的神秘與黑暗中。

誰也不知道那地方究竟是天堂？還是地獄？——至少在人們的想像中，天堂總不會是這個樣子的。

只見礁石上那人身形忽然掠起，足尖在船頭上一點，已掠上船桅。

大家這才看到她穿的是一身黑衣，黑巾蒙面。

她手裡還帶著條長索，用繩頭在船桅上打了個結。

長索橫空，筆直地伸向無邊無際的黑暗中。

這長繩的另一端在哪裡？

黑衣人已帶著笑道：「風浪險惡，礁石更險，各位請上橋吧！」

原隨雲皺眉道：「橋？什麼橋？」

黑衣人道：「就是這條繩索，各位上橋後，只要不掉下來，就可一直走到本島的洞天福地中，島主就正在那邊恭迎大駕。」

她銀鈴般笑了笑，又接著道：「各位到了那裡，就知道此行不虛了。」

胡鐵花忍不住道：「若是從橋上跌下去了呢？」

黑衣人淡淡道：「若是沒有把握能走得過去的人，不如還是留在這裡的好。這條橋雖可渡人至極樂，但若一跌下去，只怕就要墮入鬼域，萬劫不復了。」

原隨雲道：「能走得過此橋的並沒有幾人，閣下難道要我棄別的人於不顧？」

黑衣人笑了笑，道：「當然還有另一條路，走不過這條橋的人，就請走那條路。」

胡鐵花又忍不住問道：「那是條什麼樣的路？」

黑衣人悠然道：「等到天亮時，各位就會知道那是條什麼樣的路了。」

天還沒有亮。

第一個上橋的，自然是原隨雲。

他臨上時似乎有什麼話要對楚留香說，卻又終於忍住。

他彷彿相信楚留香能了解他的意思。

高亞男也上了橋。華山門下，輕功都不弱。

她一直守候在胡鐵花身旁，臨走的時候，還在問：「你呢？」

胡鐵花還沒有說話，楚留香已替他回答：「我們走另一條路。」

高亞男沒有再說什麼，因爲她已了解楚留香的意思。

然後，就是華真真。

她慢慢地走過去，已走過楚留香面前，突又回過頭，深深地凝注著他，彷彿也有許多話要說，卻又沒有勇氣說出來。

楚留香笑了笑，柔聲道：「你放心，我會去的，我想那條路至少比這條路安全得多。」

華真真的臉似又紅了。

胡鐵花暗中嘆了口氣，有件事他總是不明白！

爲什麼楚留香遇上的女孩子總是如此純真，如此溫柔？

爲什麼他自己遇上的女孩子不是神經病，就是母老虎？

繩橋在狂風中飄搖。

橋上的人也在搖晃，每一刻都可能墮下，墮入萬劫不復的鬼域！

眼見著她們一步步的走著，慢慢地走過去，走向黑暗——

每個人掌心都捏著把冷汗。

就算她們能走得過去，最後又將走到哪裡呢？

在繩橋那邊等著他們的，也許正是個來自地獄的惡魔。

胡鐵花忽然道：「我們本該跟他們一齊去的，你爲什麼不肯？」

楚留香道：「我們既沒有請柬，更不會受歡迎，跟著他們走，只有連累他們，無論對誰都沒有半點好處。」

胡鐵花道：「可是我們遲早總是要去的，你怎知另一條路比這條路安全？」

楚留香道：「走那條路，至少不引人注意。」

張三道：「不錯，我們可以扮成船上的水手，混過去，然後再見機行事。」

他忽然瞧見金靈芝遠遠站在一旁，忍不住道：「可是，金姑娘，你爲什麼不跟他們一齊走？」

金靈芝板著臉，冷冷道：「我不高興。」

楚留香沉吟著，忽然道：「金姑娘的意思，我們本該明白的。」

「我當然明白，她不走，只因爲她要陪著我。」

胡鐵花幾乎已想將這句話說了出來。

幸好楚留香已接著道：「勾子長既已來了，丁楓想必也來了。他早已對金姑娘不滿，金姑娘若是現在去了，也許就難免要有不測。」

胡鐵花摸了摸鼻子，忽然覺得別人都比他精明得多、現實得多。

楚留香道：「我只有一件事想要請教金姑娘。」

金靈芝冷冷道：「你們不是什麼事都懂麼，又怎麼來請教我？」

楚留香笑了笑，道：「但我們卻實在猜不透這蝙蝠島究竟是個怎麼樣的地方。」

張三立刻接著道：「不錯，最奇怪的是，島上既然有那麼多人，爲何看不到一點燈光？難道這島上的人在黑暗中也能看得見東西麼？」

金靈芝目中突然露出一種恐懼之色，什麼話都沒有說，掉頭就走。只要提到「蝙蝠島」這三個字，她的嘴就像是被縫住。

胡鐵花恨恨道：「我本來以爲毛病最大的人是張三，現在才知道原來是她。」

楚留香沉吟著，道：「金姑娘不肯說出蝙蝠島的秘密，想必有她的苦衷。」

胡鐵花道：「什麼苦衷？」

楚留香道：「也許……她已被人警告過，絕不能吐露這秘密。」

胡鐵花故意粗著嗓子道：「若是洩露了秘密，就刺瞎你的兩隻眼睛，割下你一根舌頭……是不是這種警告？」

楚留香道：「也許他們說得還要可怕些。」

胡鐵花道：「你以爲她會怕？」

楚留香笑了笑，道：「若是你說的，她當然不怕，但有些人說了就能做到！」

胡鐵花道：「就算她真的怕，現在船上又沒蝙蝠島上的人，又怎知她說了沒有？」

楚留香淡淡道：「你能確定現在船上真沒有蝙蝠島上的人麼？」

胡鐵花說不出話來了，過了很久，才嘆出口氣，苦笑道：「現在我只希望一件事。」

張三忍不住問道：「什麼事？」

胡鐵花道：「我只希望我們到了那島上後，莫要被人變成蝙蝠。」

他用力揉著鼻子，喃喃地道：「就算把我變成條狗，我也許還能夠忍受，可是變成蝙蝠……唉，蝙蝠……」

十六　船艙中的蝙蝠

東方，終於現出了曙色。

蝙蝠島的輪廓終於慢慢地出現了。

胡鐵花以最快的速度，換了身水手的衣服，然後就又站在船頭，等著。

「這蝙蝠島究竟是個什麼怪樣子？島上是不是整天都有成千成萬隻蝙蝠在飛來飛去？」

就爲了要等著瞧瞧，他簡直已急得要發瘋。

現在，他總算看到了。

他完全失望，完全怔住。

島上連半隻蝙蝠都沒有。

非但沒有蝙蝠，什麼都沒有。

這蝙蝠島竟只不過是座光禿禿的石山，沒有花，沒有樹，沒有草，沒有野獸，沒有生命。

昨夜那些人，也不知全都到哪裡去了。

胡鐵花叫了起來，大聲道：「天呀，這就是蝙蝠島？這就是銷金窟？看來我們全都活活的上了人家的當了。」

楚留香的神情也很沉重。

胡鐵花道：「還說什麼看不完的美景，喝不完的美酒，簡直全他媽的是放屁，這見鬼的島上簡直連個鬼影子都沒有。」

張三道：「別的沒有，至少鬼總有的。」

胡鐵花道：「你也見了鬼嗎？」

張三說道：「昨天晚上來的那幾個，不是鬼是什麼？跟著他們走的那些人，只怕都已被他們帶入了地獄。」

他當然是在說笑，但說到這裡，他自己也不覺機伶伶打了個寒噤。勉強向楚留香笑了笑，道：「你說那些人全都躲到哪裡去了？」

楚留香不說話。

在還沒有弄清楚一件事之前，他從不開口。

這件事他顯然也弄不清楚。

胡鐵花卻又忍不住要開口了，道：「也許，他們早已準備好別的船在那邊等著，把人一帶過去，立刻就乘船走了。」

張三拊掌道：「有道理。」

胡鐵花道：「也許這裡根本就不是蝙蝠島，他們這樣做，爲的就是要將我們甩在這裡。」

胡鐵花嘆了口氣，道：「不管這裡是不是蝙蝠島，看來我們都得老死在這島上了。」

張三苦著臉道：「不錯，這條船幸好被礁石嵌住，所以才沒有沉，但誰都沒法子再叫它走了，也沒法子在船上住一輩子。」

胡鐵花嘆道：「島上若有樹木，我們還可以再造條船，或者造木筏，只可惜這見鬼的島上連根草都沒有。」

張三忽然道：「你等一等。」

誰也不知道他要幹什麼，只見他飛也似地跑下船艙，又飛也似跑了上來，手裡還捧著個罐子。

胡鐵花皺眉道：「你替我找酒去了麼？現在我簡直連酒都喝不下。」

張三打開罐子，道：「這不是酒，是鹽。」

胡鐵花道：「鹽？你弄這麼大一罐鹽來幹什麼？」

張三道：「有人說，鹽可以避邪，還可以除霉氣……來，你先嘗一點。」

胡鐵花半信半疑地瞧著他，終於還是忍不住嘗了一點。

張三道：「來，再來一點。」

胡鐵花皺眉道：「還要嘗多少才能除得了我這一身霉氣？」

張三道：「最好能把一罐子全都吃下去。」

胡鐵花又叫了起來，道：「你這小子是不是瘋了？想把我鹹死是不是？」

楚留香也笑了，道：「也許他想把你醃成鹹肉，等將來斷糧時吃你。」

張三笑道：「他就算吃一麻袋鹽，肉也是酸的，我寧可餓死也不吃。」

胡鐵花怒道：「你究竟是什麼意思？」

張三悠然道：「也沒有什麼別的意思，只不過……我也聽人說過，老鼠吃多了鹽，就會變成蝙蝠；我想試試人吃多了鹽，是不是也和老鼠一樣。」

話未說完，胡鐵花的巴掌已摑了過去。

張三早就防到這一著了，跳開了三、四尺，笑道：「我本來想自己試的，只不過我又不想老死在這裡，所以就算真的變成蝙蝠，也沒什麼意思。」

胡鐵花的手忽又縮回去了，盯著張三道：「你的意思難道是說，這地方就是蝙蝠島？」

張三道：「這裡若不是蝙蝠島，我就不是張三，是土狗。」

胡鐵花道：「這裡若是蝙蝠島，昨天晚上的那些人到哪裡去了？」

張三道：「山洞裡。」

胡鐵花的眼睛又亮了，失聲道：「不錯，石山裡一定有秘窟，蝙蝠島上的人一定全都住在山窟裡，所以外面才瞧不見煙火。」

他用力拍著張三的肩膀，笑道：「你小子果然比老子聰明，我佩服你。」

張三已被他拍得彎下腰去，苦著臉道：「求求你莫要再佩服我了好不好？你若再佩服我，我的骨頭就要斷了。」

楚留香突然道：「英先生呢？」

胡鐵花道：「英萬里？……我好像已有很久沒有看到這個人了。」

張三道：「也許他還在下面換衣服吧？」

胡鐵花道：「好像不在呀，在上來的時候，瞧見他的房門是開著的。」

他笑了笑，又道：「老年人都餓不得，也許他到廚房去找東西吃了。」

張三道：「也不在，我去拿鹽的時候看過，廚房裡沒有人。」

船上的水手都擠在後艄，有的在竊竊私議，有的在發怔，到了這種時候，誰還有心情吃東西？

楚留香皺眉道：「你們最後一次看到他是在什麼時候？」

胡鐵花道：「好像是昨天晚上吃飯的時候。」

張三道：「不對，船觸礁之後，我還瞧見過他。」

楚留香道：「以後呢？」

張三皺著眉，道：「以後我就沒有注意了。」

那時正是天下大亂的時候，誰也不會留意別人。

楚留香的神情更凝重，突然道：「他只要還在這條船上，就不會失蹤，我們去找。」

三個人剛奔到艙口，就發現金靈芝站在那裡，擋住了門。

張三陪笑道：「請金姑娘讓讓路好麼，我們要去找人。」

金靈芝道：「找誰？」

她不等別人說話，又淡淡地接著道：「你們若要去找英萬里，就不必了。」

胡鐵花悚然道：「不必，爲什麼不必？」

金靈芝根本不理他。

張三又陪著笑，道：「莫非金姑娘知道他在什麼地方？」

金靈芝冷冷道：「他在什麼地方，我們不知道，只不過，我知道他已不在這條船上。」

胡鐵花又叫了起來，道：「他已走了麼？什麼時候走的，我怎麼沒有瞧見？」

金靈芝還是不理他。

在她眼中，世上好像已根本沒有胡鐵花這個人存在。

張三只好陪著笑再問一遍。

金靈芝冷笑著道：「我也不比你們多一隻眼睛，爲何我瞧見了，你們瞧不見？」

她覺得氣已出了些，這才接著道：「他就在蝙蝠島的人來接原隨雲時走的，從船舷旁偷偷溜了下去，那時我就站在船舷旁。他走時還要我轉告你們，說他已有發現，要趕緊去追蹤，等到了蝙蝠島後，他再想法子跟你們再見。」

胡鐵花嘆了口氣，苦笑道：「好，有膽量，看來這老頭子的膽量比我們都大得多。」

楚留香沉吟著，道：「英先生乃天下第一名捕，耳力之明，更非常人能及；有些他能做得到的事，的確不是我們能做得到的。」

張三道：「不錯，昨天晚上那種情形，眼力再好也沒有用，因爲燈根本就點不著，無論什麼事都得要用耳朵去聽。」

胡鐵花道：「何況他既然號稱天下第一名捕，追蹤就自然有特別的本事，只可惜他無論聽到什麼，現在都沒法子告訴我們。」

張三道：「我們是現在就到島上去呢，還是等人來接？」

胡鐵花冷冷道：「既然已等了一個晚上，再多等會兒又有何妨，也免得被人注意了……老臭蟲，你說對不對？」

楚留香好像也聽不到他說的話了，忽然問道：「那位白獵兄呢？」

胡鐵花怔了怔，道：「對，我好像也已有很久沒有看到他……」

張三道：「吃過晚飯我就沒有看到他。」

胡鐵花道：「莫非他也跟英萬里一齊走了？」

張三道：「撞船的時候，他好像沒有在甲板上。」

金靈芝道：「不錯，英萬里是一個人走的。」

胡鐵花皺眉道：「那麼他到哪裡去了？難道躲起來不敢見人了麼？」

張三道：「我們去找，無論他在哪裡，我們也得把他找出來。」

左邊的第一間艙房，本是原隨雲的居處。

房中沒有人。

所有的陳設，自然全都是最精緻的，但顏色卻很零亂，簡直可以說是：五顏六色，七拼八湊，看得人眼都花了。

瞎子的房裡，本就用不著色澤調合的，只要用手指摸著柔軟舒適，就已經是他們的享受。

第二間，就是楚留香他們住的。

現在房裡自然沒有人。

金靈芝和英萬里他們的屋子自然也沒有人。

再找右邊，最後一間的門還是拴著的。

張三道：「勾子長想必本就住在這裡，會不會是他將白獵殺了，再將屍體藏在床下面？」

他說得逼真極了，就好像親眼看到了似的。

胡鐵花的臉色已不覺有些變了，立刻用力撞開了門——屋子裡竟是空的，什麼都沒有，甚至連床都沒有。

胡鐵花恨恨的瞪了張三一眼，張三只裝作看不見。

高亞男和華真真的房裡彷彿還留著種淡淡地香氣，只不過，幽香雖仍在，人已不在了。

再過去，就是枯梅大師的遇難之地。

走到門口，張三就覺得有些寒毛冷冷，手心裡也在直冒冷汗，勉強笑了笑，道：「這間屋子不必看了吧？」

胡鐵花道：「爲什麼？」

張三道：「她老人家遇難後，裡面已洗刷過，又有誰敢再進去？」

胡鐵花道：「爲什麼不敢？」

張三勉強笑道：「她老人家死不瞑目，鬼魂也許還等在裡面，等人去爲她超生。」

說到這裡，他自己又不禁機伶伶打了個寒噤——要想嚇人的人，往往都會先嚇到自己。

枯梅大師活著時那麼厲害，死了想必也是個厲鬼！

金靈芝的臉色已有些發白，咬著嘴唇道：「這間屋子不看也好。」

胡鐵花心中也有點發毛，她若不說這句話，胡鐵花說不定也要放棄了。但她一說，胡鐵花就偏偏要看看。

門是從外面鎖著的。

張三還在勸，喃喃道：「門既然是從外面鎖著的，別人怎麼進得去？」

他話未說完，胡鐵花已扭開了鎖，推開了門。

突然間，門裡響起了一種令人聽了骨髓都會發冷的聲音。

難道這就是鬼哭？

胡鐵花剛想往後退，已有一樣黑忽忽的東西飛撲了出來！

撲向他的臉！

蝙蝠！

胡鐵花揮手一擊，才發現被他打落的，只不過是隻蝙蝠！

但此刻在他眼中看來，世上只怕再也沒有什麼惡鳥怪獸比這蝙蝠更可怕的了，他彷彿覺得全身的骨頭都在發痠。

這蝙蝠是哪裡來的？

怎會飛入了一間從外面鎖住的艙房？

這蝙蝠莫非來自地獄？

也許這艙房也已變成了地獄，否則既已洗刷過了，怎會還有血腥氣？

張三突然失聲驚呼，道：「血……你看這蝙蝠身上有血！」

死黑色的蝙蝠，已被血染紅！

胡鐵花道：「我打死了牠，這本是牠自己所流出的血！」

他雖然在解釋，但聲音已有些變了！

張三搖著頭道：「小小的一隻蝙蝠，怎會有這麼多血？聽說……蝙蝠會吸人血的！」

他一面說，一面打冷戰。

金靈芝的臉已變成死灰色，一步步往後退。

楚留香忽然攔住了她，沉聲道：「看來這船上也是危機重重，我們切不可分散。」

金靈芝嗄聲道：「可是……可是……這蝙蝠……這些血……是從哪裡來的？」

楚留香道：「我先進去看看。」

既然有楚留香帶路，大家的膽子就都大了些。

船艙裡很暗，血腥氣更重。

白獵就仰面躺在枯梅大師昨夜死的地方，甚至連姿勢都和枯梅大師差不多，只不過他胸口多了個洞！

血洞！

金靈芝又忍不住背轉身，躲在角落裡嘔吐起來。

唯一還能說得出聲音的，恐怕也就只有楚留香了。

但他也怔了很久，才一字字道：「摘心手……他也是死在摘心手上的！」

張三道：「是……是誰殺了他？……爲的是什麼？」

胡鐵花突然轉身，面對著金靈芝。

他臉色也已發白，看來竟是說不出的可怕，一字字道：「伸出你的手來！」

金靈芝這次竟不敢不理他了，顫聲道：「爲……爲什麼？」

胡鐵花道：「我要看看你的手！」

金靈芝卻已將手藏在背後，咬著嘴唇，道：「我的手沒什麼好看的，你還是去看別人的吧。」

胡鐵花冷冷道：「別人早已走了，絕不會是殺人的兇手！」

金靈芝叫了起來，道：「你難道認爲我就是殺他的兇手？」
胡鐵花厲聲道：「不是你是誰？」
金靈芝叫的聲音比他更大，道：「你憑什麼說我是兇手？」
胡鐵花說道：「你先在上面擋住門，又不讓我們到這房間裡來，爲的就是怕我們發現他的屍體，是不是？」
他不讓金靈芝說話，接著又道：「何況，現在枯梅大師已死了，高亞男和華真真也都走了，這船上會摘心手的人，就只有你！」
金靈芝全身都在發抖，道：「我……你說我會摘心手？」
胡鐵花道：「你既然能學會華山派的『清風十三式』，就一定也學會了摘心手！」
金靈芝氣得嘴唇都白了，冷笑道：「狗會放屁，你也會放屁，難道你就是狗？」
胡鐵花瞪著她，很久很久，忽然嘆了口氣道：「你罵我也無妨，打我也無妨，因爲我們總算是朋友；只不過，朋友歸朋友，公道歸公道，無論如何，我也得要爲死去的人主持公道。」
金靈芝也在瞪著他，眼眶裡漸漸紅了，眼淚慢慢地湧出，一滴滴流過她蒼白的面頰，滴在她淺紫色的衣襟上。
胡鐵花心已酸了，卻也只有硬起心腸，裝作沒有瞧見。
金靈芝任憑眼淚流下，也不去擦，還是瞪著他，慢慢地、一字字道：「你既然一定要認爲我是兇手，我也無話可說，隨便你……」

這句話還未說完，她終於忍不住掩面慟哭起來。

胡鐵花用力緊握著拳頭，呆了半晌，才緩緩地轉過身。

楚留香還蹲在白獵的屍體旁，也不知在瞧些什麼。

胡鐵花咬了咬牙，道：「喂，你說我應該對她怎麼辦？」

楚留香頭也不回，緩緩道：「你最好趕快向她道歉，愈快愈好。」

胡鐵花失聲道：「道歉？你要我道歉？」

楚留香淡淡地道：「道歉還不夠，你還得告訴她，你是個不折不扣的大混蛋，也是個自作聰明的大傻瓜，然後再自己打自己兩個耳光。」

胡鐵花已聽得呆住了，摸著鼻子，道：「你是真的要我這麼樣做？」

楚留香嘆了口氣，道：「你就算這麼樣做了，金姑娘是否能原諒你，還不一定哩！」

胡鐵花吶吶道：「你難道認爲她不是兇手？」

楚留香道：「當然不是。」

胡鐵花道：「你憑哪點這麼樣說？」

楚留香道：「好幾點。」

胡鐵花道：「你說。」

楚留香道：「第一，白獵的屍身已完全僵硬，血也早已凝固，連指甲都已發黑。」

胡鐵花道：「這我也看到了，每個死人都是這樣子的。」

楚留香道：「但一個人至少要等死了三個時辰之後，才會變成這樣子。」

胡鐵花道：「三個時辰……你是說他是在昨夜子時以前死的？」

楚留香道：「不錯，那時正是船觸礁的時候，金姑娘也在甲板上，而且一直站在那裡沒有動，怎麼可以下來殺人？」

胡鐵花怔住了。

楚留香又道：「還有，以白獵的武功，縱然是枯梅大師復生，也不可能一出手就殺死他，除非是他已被嚇呆了，已忘了抵抗。」

胡鐵花囁嚅著，道：「也許他根本想不到這人會殺他，所以根本沒有提防。」

楚留香道：「但直到現在，他臉上還帶著驚懼恐怖之色，顯然是臨死前看到了什麼極可怕的人，極可怕的事。」

他笑了笑，接著道：「誰也不會覺得金姑娘可怕，是麼？」

胡鐵花又呆了半晌，忽然轉身，向金靈芝一揖到地，吶吶道：「是……是我錯了，我放屁，希望你莫要放在心上。」

金靈芝扭轉身，哭得更傷心。

胡鐵花苦著臉，道：「我是個不折不扣的大混蛋，也是個自作聰明的大傻瓜，我該死，砍我的腦袋一百八十次也不冤枉。」

金靈芝忽然回過頭道：「你說的是真話？」

胡鐵花道：「當然是真的。」

張三立刻搶著道：「真的是真話？你有一百八十個腦袋嗎？」

胡鐵花往後面給了他一腳，面上卻帶著笑道：「我的腦袋一向比別人大，就算砍不了一百八十次，砍個七、八十刀總沒有什麼問題。」

他只希望金靈芝能笑一笑。

金靈芝的臉卻還是掛得有八丈長，咬著牙道：「我也不想砍你的腦袋，只想割下你這根長舌頭來，也免得你以後再胡說八道。」

張三膝蓋被踢得發麻，一面揉著，一面大聲嚷道：「金姑娘若是沒有刀，我可以到廚房去找把切肉的菜刀來。」

金靈芝沉著臉，反手拔出了柄匕首，瞪著胡鐵花道：「你捨不捨得？」

胡鐵花嘆了口氣，苦笑道：「能保住腦袋，我已經很滿意了，區區的一根舌頭，有什麼捨不得的？」

金靈芝道：「好，伸出你的舌頭來。」

胡鐵花竟真的閉上了眼睛，伸出了舌頭。

金靈芝道：「再伸長些。」

胡鐵花苦著臉，想說話，但舌頭已伸出，哪裡還說得出？

張三笑嘻嘻道：「金姑娘，要割就往根割，以後糧食斷了，還可用這條舌頭煮碗湯喝。」

金靈芝道：「這根舌頭還不夠長，不如索性把他兩個耳朵也一齊割下來吧！」

楚留香忽然道：「要割還是割鼻子的好，反正這鼻子遲早總有一天要被揉掉了。」

胡鐵花叫了起來，道：「你們拿我當什麼？豬頭肉麼？」

金靈芝刀已揚起，突然噗哧一聲，笑了。

她臉上還帶著淚痕，帶著淚的笑看來更美如春花。

胡鐵花似已瞧得癡了。

他忽然覺得自己最喜歡的女人還是她。

她既不矯揉做作，也不撒嬌賣癡。

她既不小心眼，也不記仇。

她又明朗，又爽直，又大方。

她無論在多麼糟糕的情況下，都還有心情來開開玩笑，讓自己輕鬆些，也讓別人輕鬆些。

她的脾氣來得快，去得也快，簡直就和他自己完全一模一樣。

胡鐵花覺得她的好處簡直多得數也數不清，若是將這樣的女孩子輕輕放過，以後哪裡找去？

胡鐵花下了決心，以後一定要好好地對她，絕不再惹她生氣。

他癡癡地瞧著她，早已將別的人全忘得乾乾淨淨。

張三忽也嘆了口氣，搖著頭道：「看來金姑娘雖未割下他的舌頭來，卻已將他的魂割了去。」

胡鐵花喃喃道：「不但魂，連心都被割走了。」

金靈芝用刀背在他頭上輕輕一敲，抿著嘴，笑道：「你還有心麼？我還以爲你的心早就餵了狗哩！」

少女們哭泣後的笑，就像是春雨連綿後的第一線陽光。

大家的心情彷彿都開朗了許多。

但在金靈芝看到白獵的屍身時，她的笑容就又消失了，黯然道：「他……他死得真慘，是誰這麼狠心，下這樣的毒手？」

張三道：「昨夜船觸了礁後，好像每個人都在甲板上。」

金靈芝點頭道：「那時我已發現白……白先生沒有上去，我還以爲他……他不敢見我，所以才故意留在下面。」

說著說著，她的眼眶又紅了，淒然道：「自從那天晚上，我讓他很難受之後，他就一直躲著我，否則，他也許就……就不會死了。」

胡鐵花大聲道：「這絕不關你的事，殺他的人，一定就是勾子長和丁楓。」

他不讓別人說話，接著又道：「因爲只有勾子長才有殺他的理由，他忽然發現他們也在這裡，自然會覺得很吃驚，很害怕，所以才會下了毒手。」

張三又嘆了口氣，道：「很有道理，只可惜勾子長那時也早就走了。」

胡鐵花怔了怔，吃吃道：「也……也許，他們是殺了人之後才逃走的，我們並不能確定白獵究竟是什麼時候死的，是麼？」

楚留香道：「但勾子長和丁楓卻絕不會使這『摘心手』！」

胡鐵花道：「你怎麼知道？」

楚留香道：「因爲枯梅大師練這『摘心手』，就是爲了要對付蝙蝠島上的人；由此可見，『摘心手』的絕技並沒有外流。」

胡鐵花想了想，忽然頷首道：「不錯，聽那位華姑娘的口氣，枯梅大師也是最近才練成這『摘心手』的。」

張三道：「如此說來，會使『摘心手』的人豈非只有三個？」

胡鐵花道：「一點也不錯，正是三個。」

楚留香沉聲道：「只有兩個，只因枯梅大師已經死了。」

胡鐵花道：「我可以保證高亞男絕不是兇手，因爲昨天晚上她一直跟著我，絕不可能分身去殺人。」

金靈芝彷彿想說什麼，但瞧了楚留香一眼，又忍住了。

張三已叫了起來，說道：「對了，昨天晚上那位華姑娘是最後上甲板的，她上來的時候，我恰巧看到她，那時我就覺得她神情有些不對。」

胡鐵花瞪著眼，道：「你說的是華真真？」

張三道：「不是她是誰？」

胡鐵花搖頭道：「不可能，你們若說她是兇手，我絕不相信！」

金靈芝用眼角瞟了他，冷冷道：「你只相信我會殺人。」

胡鐵花苦笑著，吶吶道：「可是……她一見了血就會暈過去，怎麼會殺人？」

張三淡淡道：「有時我見了血也會暈過去的，要死也許很難，要暈過去還不容易？」

胡鐵花道：「無論如何，我也不相信那麼溫柔地小姑娘會殺人。」

張三沉默了半晌，忽然道：「你還記得那位『無花』和尚麼？」

胡鐵花道：「當然記得。」

張三道：「你有沒有看到過比他更斯文、更溫柔地男人？」

胡鐵花道：「他看來的確也像是個小姑娘。」

張三道：「他只要一聽到『殺人』兩個字，就會趕緊掩住耳朵，但他自己殺起人，卻是一刀一個，好像切豆腐。」

胡鐵花怔了半晌，嘆息著道：「她若真的是兇手，我想有人一定會很難受的。」

他瞟了楚留香一眼，道：「老臭蟲，你說是麼？」

楚留香一個字也不說。

金靈芝也嘆了口氣，道：「老實說，看到她那種嬌滴滴的模樣，我也不相信她能夠殺得了白獵。」

胡鐵花道：「對了，你莫忘記，白獵的武功已可算是一流高手，連高亞男都未必是他的對手，華真真年紀那麼輕，入門一定比較晚，武功也絕不可能比高亞男高，怎麼可能殺得了白獵這樣的高手？」

張三也怔了半晌，苦笑道：「其實我也沒有說她一定是兇手，只不過覺得她有可能而已！」

胡鐵花道：「我卻認為簡直連一點可能都沒有。」

張三喃喃道：「兇手若不是她，是誰呢？難道真的是枯梅大師的鬼魂麼？」

金靈芝的臉立刻又被嚇白了，拉住胡鐵花，悄悄道：「這裡好像真有點鬼氣森森的，有什麼話，上去再說吧！」

胡鐵花道：「不錯，蝙蝠島上的人，只怕已來接我們了。」

等他們全出去了，楚留香忽然俯下身，用指甲在地上刮了刮，刮起了一些東西，再找了張紙，很小心的包了起來。

他又發現了什麼？

不見了。

方才還擁在甲板上的那一大群水手，此刻竟已全都不見了！

金靈芝已怔在那裡。

張三失聲道：「莫非蝙蝠島上的人已來過，已將他們接走？」

胡鐵花恨恨道：「沒有人來接，我們難道就不能自己去麼？」

張三試探著道：「金姑娘至少總知道他們秘窟的入口吧？」

金靈芝沒有說話，臉色更蒼白得可怕。

胡鐵花柔聲道：「沒關係，就算你不知道，我們也一樣能找到。」

他笑了笑，道：「神水宮那地方可算是最秘密的了，還不是一樣被我們找到了麼？」

金靈芝忽然拉著他的手，顫聲道：「我們不要去好不好？」

胡鐵花愕然道：「爲什麼？」

金靈芝垂下頭，道：「沒……沒有什麼……」

胡鐵花柔聲道：「既已到了這裡，怎麼能不去？」

張三道：「何況我們也根本退不回去，根本沒有別的路可走。」

金靈芝身子已在發抖，道：「可是……可是你們不知道那地方有多可怕。」

胡鐵花笑了笑，道：「再可怕的地方我們都走過了——你聽說過石觀音沒有？」

金靈芝點了點頭。

胡鐵花道：「石觀音的秘窟簡直可說已可怕到了極點，好好地人，只要一走進那地方，就會變成個瘋子、白癡。」

想起「大沙漠」那件事，他們似乎還有餘悸，長長吐出了口氣，才接著道：「每個人都說：『只要走進去的人，就永遠休想活著出來了……』可是你看，我們還不是好好地活著麼？」

金靈芝咬著嘴唇，用力搖著頭，道：「那不同……那完全不同。」

胡鐵花道：「有什麼不同的？」

金靈芝又不說話了。

楚留香沉吟著道：「金姑娘既然這麼樣說，那蝙蝠島想必有什麼特別與眾不同的可怕之處，也許我們連想像都無法想像。」

張三陪著笑道：「求求你，金姑娘，你就說出來吧！這見鬼的蝙蝠島究竟是個什麼樣的地方，究竟有什麼特別的可怕之處？」

金靈芝沉默了很久，一字字道：「我不知道。」

胡鐵花笑了。

金靈芝忽然大聲道：「我真的不知道，因爲我根本看不見。」

胡鐵花又怔住了，道：「看不見？怎麼會看不見？怎麼會看不見？又怎麼會覺得可怕？」

金靈芝咬著牙，顫聲道：「就因爲看不見，所以才可怕。」

胡鐵花皺眉道：「爲什麼？我簡直不懂。」

張三道：「我懂。」

胡鐵花冷笑道：「你懂個屁！」

張三也不生氣，道：「我問你，世上最可怕的是什麼？」

胡鐵花想了想，道：「寂寞——我認爲世上最可怕的就是寂寞。」

張三嘆了口氣，苦笑道：「大少爺，我們現在不是在做詩，是在想法子，要怎麼才能保住這條命。」

胡鐵花道：「那麼，你說世上最可怕的是什麼？」

張三目光遙注著遠方，緩緩道：「就是黑暗，就是看不見！」

他忽又長長嘆息了一聲，接著道：「我現在才總算明白，『蝙蝠島』這三個字的意思了。」

胡鐵花道：「是什麼意思？」

張三道：「你知不知道蝙蝠這樣東西身上缺少了什麼？」

胡鐵花茫然搖了搖頭。

張三道：「眼睛——蝙蝠沒有眼睛的，是瞎子！」

胡鐵花道：「你的意思是說……蝙蝠島上的人都是瞎子？」

張三道：「想必是的。」

胡鐵花皺皺眉道：「可是……瞎子又有什麼可怕的呢？」

張三苦笑道：「瞎子當然不可怕，但自己若也變成瞎子，那就可怕了。」

胡鐵花臉色也有些變了，道：「你難道認為我們一到了蝙蝠島，也會變成瞎子？」

張三道：「嗯。」

胡鐵花冷笑道：「我倒要看看他們有什麼手段能將我弄瞎，除非他們真有魔法。」

金靈芝長長嘆息了一聲，道：「他們用不著魔法，無論誰一到那裡，自己就會變成瞎子的。」

十七 人間地獄

寸草不生。

石頭是死灰色的，冷、硬、猙獰。

怒濤拍打著海岸，宛如千軍呼嘯，萬馬奔騰。

島的四周礁石羅列，幾乎每一個方向都有觸礁的船隻，看來就像是一隻隻被惡獸巨牙咬住的小兔。

無論多輕巧，多堅固的船，都休想能泊上海岸。

天地肅殺。

胡鐵花披襟當風，站在海岸旁的一塊黑石上，縱目四覽，忍不住長長嘆了口氣，動容道：「好個險惡的所在！」

張三苦笑道：「我若非自己親眼看到，就算殺了我，我也不信世上竟會有這樣的地方，竟有人能在這種地方活得下去！」

胡鐵花也道：「也許他們根本不是人，是鬼。因為這地方根本就像是個墳墓，連一樣活的東西都瞧不見。」

張三道：「甚至連一條完整的船都沒有，看來無論誰到了這裡，都休想走得了。」

胡鐵花轉向金靈芝，問道：「你真的到這裡來過一次？」

金靈芝道：「嗯。」

胡鐵花道：「那次你怎麼走的？」

金靈芝道：「是蝙蝠公子叫人送我走的。」

胡鐵花道：「他若不送你呢？」

金靈芝垂下頭，一字字道：「他若不送，我只有死在這裡！」

她一踏上這島嶼，連舌頭都似乎已緊張得僵硬起來，每說一個字，都要費很大的力氣。

說完了這兩句話，她頭上已沁出了冷汗。

聽完了這兩句話，胡鐵花身上似已覺得冷颼颼的，手心竟也有些發濕。

他現在才相信這裡確實比石觀音的迷魂窟、水母的神水宮都可怕得多，因爲那些地方畢竟還有活路可退。

這裡卻是個無路可退的死地！

楚留香沉吟著，忽然道：「你說的那蝙蝠公子就是這裡的島主？」

金靈芝道：「嗯。」

楚留香道：「你可知道他姓什麼？叫什麼名字？」

金靈芝道：「不知道——沒有人知道。」

楚留香道：「也沒有人看到過他？」

金靈芝道：「沒有——我已說過，到了這裡的人，都會變成瞎子。」

楚留香淡淡地笑了笑，道：「如此說來，這次原公子倒反而占了便宜。」

胡鐵花道：「占了便宜？爲什麼？」

楚留香道：「因爲他本來就是瞎子。」

金靈芝忽然抬起頭，道：「香帥……現在我們趕快離開這裡，也許還來得及……」

楚留香道：「離開這裡？到哪裡去？」

金靈芝道：「隨便到哪裡去，都比這裡好得多。」

楚留香道：「但這裡豈非無路可退麼？」

金靈芝道：「我們可以找條破船，躲在裡面等，等到有別的船來的時候……」

胡鐵花打斷了她的話，道：「那要等多久？」

金靈芝道：「無論等多久我都願意。」

胡鐵花嘆了口氣，道：「也許我也願意陪你等，但你卻不知道這老臭蟲的脾氣。」

金靈芝道：「可是……香帥，這地方實在太兇險，你難道不想活著回去麼？」

胡鐵花嘆道：「你愈這麼說，他愈不會走的。」

金靈芝道：「爲什麼？」

胡鐵花道：「因爲愈危險的事，他愈覺得有趣。他這人一輩子就是喜歡冒險，喜歡刺激，至於能不能活著回去，那又是另外一回事了。」

金靈芝又垂下了頭，緩緩道：「我知道你們一定以爲我怕死——其實我怕的並不是死。」

楚留香柔聲道：「我明白，這世上的確有些事比死還可怕得多，所以……金姑娘若想留下來，我們絕不會勉強。」

胡鐵花道：「你也可以叫張三留下來陪你，他本就應該這麼樣做的。」

張三咬著牙，瞪了他一眼，道：「只要金姑娘願意，我當然可以留下陪她，只怕她卻不要我陪的，要你……」

金靈芝忽又抬起頭，凝注著胡鐵花，道：「你願不願陪我？」

胡鐵花擦了擦汗，道：「我當然願意，可是……」

金靈芝道：「可是怎麼樣？」

胡鐵花抬起頭，觸及她的眼波，終於輕輕嘆了口氣，道：「沒有什麼。我陪你。」

金靈芝凝注著他，良久良久，才輕輕道：「只要能聽到你這句話，我還怕什麼？……」

一塊屏風的岩石後，懸著條鋼索，吊著輛滑車。

鋼索通向一個黑黝黝的山洞。

金靈芝將他們帶到這裡，胡鐵花就忍不住問道：「這裡就是入口？」

金靈芝道：「上次我就是從這裡進去的。」

胡鐵花道：「爲什麼連一個看守的人都沒有？」

金靈芝嘆道：「有些地方要進去本就很容易，要出來——就難如登天了！」

楚留香道：「這滑車的終點在什麼地方？」

金靈芝道：「就是他們的迎賓之處。」

楚留香道：「蝙蝠公子就是在那裡迎接賓客？」

金靈芝道：「有時是丁楓在那裡。」

楚留香道：「丁楓究竟是蝙蝠公子的什麼人？」

金靈芝道：「好像是他的徒弟。」

楚留香沉吟了半晌，又問道：「從這裡到那地方有多遠？」

金靈芝道：「我也不知道有多遠，只知道我數到七十九的時候，滑車才停住。」

胡鐵花笑道：「看來女孩子的確比男人細心得多，我就算來過，也絕不會數的。」

張三道：「就算數，也數不對，你根本不識數，連自己喝了多少杯酒都數不清——有時明明只喝了二三十杯，卻硬要說自己已喝了八十多杯。」

胡鐵花道：「我知道你會數，因爲你喝的酒從來沒有超過三杯。」

楚留香忽然笑了笑，道：「你能數到五十麼？」

胡鐵花瞪眼道：「當然……」

楚留香道：「好，一上車，我們就開始數，數到五十的時候，我們就往下跳。」

數到「十」的時候，滑車已進入了黑暗。

無邊無際，深不見底的黑暗，連一點光都沒有。

也沒有聲音。

每個人的身子隨著滑車往下滑，心也在往下沉。

「世界上最可怕的事情，的確就是黑暗，就是看不見！」

數到「三十」以後，就連入口處的天光都瞧不見了，每個人都覺得愈來愈悶，愈來愈熱。

難道這真是地獄的入口？

胡鐵花緊緊握著金靈芝的手，數到「四十六」的時候，他的手才放開，輕輕拍了拍她的肩頭。

「四十七、四十八、四十九、五十……跳！」

張三只覺自己的人就像是塊石頭，往下直墜。

下面是什麼地方？

是刀山？是油鍋？還是火坑？

無論下面是什麼，他都只有認命了。

他根本已無法停住！

好深，還沒有到底……

張三索性閉起眼睛，就在這時，他忽然覺得足尖觸及了一樣東西。

他再想提住氣，已來不及了。

就算下面只不過是石頭，這一下他的兩條腿只怕也要跌斷。

忽然間，一隻手從旁邊伸過來，將他輕輕托住——他當然看不到這隻手是誰的，但是除了楚留香還有誰？

「唉，有楚留香這種朋友在身邊，真是運氣。」

但這念頭剛在他心裡升起，這隻手已點了他身上七、八處穴道！

更悶、更熱。

張三就像條死魚般被人摔在地上。

他咬住牙，不出聲。

這人居然也什麼都沒有問，只聽他腳步聲緩緩地走了出去。

黑暗，伸手不見五指。

這裡究竟是什麼地方？牢獄？

楚留香、胡鐵花和金靈芝呢？

張三只希望他們比自己的運氣好些。

就在這時，又有一個人的腳步聲走了進來。

接著，又有一個人被摔在地上，摔得更重。

胡鐵花的運氣並不比張三好，他落下時，落入了一張網。

一張彷彿是鐵絲編成的網。

他全身骨頭都被勒得發疼，這一摔，更幾乎將他的骨頭都拆散。

他忍不住破口大罵，但無論他怎麼罵，都沒有人理他。

腳步聲已走了出去。

「砰」的一聲，門關起，聽聲音不是石門，就是鐵門。

突聽一人輕喚道：「小胡？……」

胡鐵花一驚，道：「張三嗎？」

張三嘆道：「是我，想不到你也來了。」

胡鐵花恨恨道：「這個觔斗栽得真他媽的冤枉，連人家的影子都沒有瞧見，就糊裡糊塗的落入了人家的手裡。」

他這一生也充滿了危險和刺激，出生入死也不知有多少次，每一次都至少還能反抗！

這一次他竟連還手的機會都沒有。

張三嘆了口氣，道：「我現在才懂得她爲什麼要害怕了，也許我們真該聽她的話的。」

胡鐵花咬著牙道：「我現在才知道那蝙蝠公子簡直不是人，只要是人，就不會可能想出這麼惡毒的主意。」

張三道：「石觀音比他如何？」

胡鐵花也不禁嘆了口氣，道：「石觀音和他一比，簡直就像個還沒有斷奶的小孩子。」

張三苦笑道：「看來我們一到這裡，他們就已知道了……我們的一舉一動他都知道，我們卻看不到他，這才叫可怕。」

他忽又問道：「金姑娘呢？」

胡鐵花沒有回答這句話，卻反問道：「老臭蟲呢？怎麼還沒有來？」

張三道：「你希望他來？」

胡鐵花嘆道：「就算他的本事比我們大，畢竟不是神仙，到了這種鬼地方，他就算有天大的本事，也使不出來的。」

張三沉默了半晌，緩緩道：「也許他的運氣比我們好，他……」

這句話還沒有說完，門又開了。

又有一個人的腳步聲走了進來，將一個人重重摔在地上。

胡鐵花和張三心都沉了下去。

門又關起。

胡鐵花立刻喚道：「老臭蟲，是你麼？」

沒有人回答。

張三失聲道：「莫非他運氣比我們還壞，已遭了毒手？」

胡鐵花道：「絕不會，他們絕不會將個死人關到這裡來。」

張三道：「就算未死，受的傷也必定不輕，否則怎會說不出話？」

胡鐵花沉吟著，問道：「你還能不能動？過去瞧瞧他！」

張三嘆道：「我現在簡直像隻死蟹——你呢？」

胡鐵花嘆道：「簡直比死蟹還糟！」

張三道：「也許……也許這人不是老臭蟲，是金姑娘。」

只要楚留香還沒有死，他們就有希望。

所以他希望這人是金靈芝。

胡鐵花卻斷然道：「絕不是。」

張三道：「爲什麼？」

胡鐵花又不回答了。

張三著急道：「你吞吞吐吐的，究竟有什麼事不肯說出來？」

胡鐵花還是不說。

張三沉默了很久，黯然道：「老臭蟲若也到了這裡，我們就死定了！」

突聽一人道：「我不是楚留香。」

這聲音正是方才那人發出來的。

這聲音聽來竟彷彿很熟。

胡鐵花、張三同時脫口問道：「你是誰？」

這人長長嘆了口氣，道：「我不是人，是畜牲——不知好歹的畜牲。」

張三失聲道：「勾子長，你是勾子長！」

胡鐵花也聽出來了，也失聲道：「你怎麼也到這裡來了？」

勾子長慘笑道：「這就是我的報應。」

張三道：「難道是丁楓？……」

勾子長恨恨道：「他更不是人，連畜牲都不如。」

胡鐵花道：「他爲什麼要這樣對你？」

勾子長閉上了嘴。

但他縱然不說，胡鐵花心裡也明白。

「兔死狗烹」。

一個人出賣了朋友，自然也會有別人出賣他。

這正是天下所有走狗們的悲哀。

勾子長彷彿在呻吟，顯然已受了傷。

胡鐵花本想譏諷他幾句，臭罵他一頓的，現在又覺得有些不忍了，只是長長嘆息了一聲，道：「幸好老臭蟲還沒有來。」

張三道：「我早就知道，無論在多凶險的情況下，他都有本事……」

這句話沒有說完，又有開門的聲音響起，又有腳步聲走了進來。

這次來的竟似有兩個人……

胡鐵花和張三的心立刻又涼了。

「楚留香畢竟也是個人，不是神仙，在這種黑暗中，一個人無論有多大的本事，也是使不出來的。」

楚留香一躍下滑車，立刻就覺得不對了。

他天生有種奇異的本能，總能感覺到危險在哪裡。

現在，危險就在他腳下！

他的身子已往下墜，已無法回頭，更無法停頓。世上彷彿已沒有什麼人能改變他悲慘的命運。

能改變他命運的，只有他自己——無論誰要改變自己的命運，都只有靠自己。

車已滑出去很遠。

楚留香突然蜷起了雙腿，凌空一個翻身，頭朝下，蜷曲的腿用力向上一蹴，身子乘勢向上彈，足尖已勾住懸空的鋼索。

他這才鬆了口氣。

只要他的反應稍微慢了些，足尖搭不上鋼索，他也只有墜下，墜入和胡鐵花他們同樣的陷阱。

這時他已聽到了胡鐵花憤怒的驚呼聲。

聲音很短促，然後一切又歸於平靜。

但平靜並不代表安全，黑暗中仍然到處都潛伏著危機！

楚留香倒掛在鋼索上，又必須在最短時間裡作一個最重要的決定——也許就是他生死的決定。

他可以躍上鋼索，退出去，也可以沿著鋼索走向蝙蝠島的中心。

但他立刻判斷出這兩條路都不能走。

鋼索的另一端，必定還有更凶險的陷阱在等著他。

他更不能拋下他的朋友。

鋼索在輕微的震動，滑車似已退回。

楚留香立刻在鋼索上搖盪了起來，擺動的幅度愈來愈大，終於漸漸和鋼索的高度平行。

他的人突然箭一般射了出去。

「楚香帥輕功高絕天下，非但沒有人能比得上，甚至連有翅膀的鳥都比不上。」

這雖是江湖中的傳言，卻並不十分誇張。

藉著這擺動的力量，他橫空一掠，竟達七丈。

若是換了別人，縱然能一掠七丈，也難免要撞上石壁，撞得頭破血流。

但他掠出時，腳在後，手在前，指尖一觸及山壁，全身的肌肉立刻放鬆，整個人立刻貼上了山壁，緩緩地向下滑。

滑了一兩丈後，才慢慢停頓，像是隻壁虎般靜靜地貼在山壁上，先讓自己的情緒穩定下來。

然後，他就開始聽。

沒有聲音，卻充滿了一種複雜的香氣，有酒香，有果香，有菜香，還彷彿有女人的脂粉香。

這裡究竟是個怎麼樣的地方？

楚留香耳朵貼上了石壁，才聽到石壁下彷彿有一陣陣斷續的、輕微的、妖艷的笑聲，女人的笑聲。

他是個有經驗的男人，當然知道女人在什麼時候才會發出這種笑聲來，他卻想不到會在這種地方聽到這種笑聲。

他也聽到了自己心跳的聲音。

等心跳也穩定下來，他就開始用壁虎功向左面慢慢移動。

他終於找到聲音是從什麼地方發出來的。

他就從這地方滑下去。

有這種笑聲的地方，總比別的地方安全些。

黑暗雖然可怕，但現在卻反而幫了他的忙，只要他能不發出一絲聲音，就沒有人能發現他。

輕功無雙的楚香帥當然不會發出任何聲音。

他一直滑到底，下面是一扇門。笑聲就是從門後發出來的，只不過這時笑聲已變成了令人心跳的呻吟聲。

楚留香考慮著，終於沒有推開這扇門。

「有所不爲，有所必爲」，有些事，他是死也不肯做的。

他再向左移動，又找著另一扇門。

這扇門後沒有聲音，他試探著，輕輕一推，門就開了。

門後立刻響起了人語聲：「請進來呀。」

聲音嬌媚而誘惑，簡直令人無法拒絕。

楚留香看不到這扇門後有些什麼，也猜不出她是什麼人？有多少人？也許他一走進這屋子，就永遠不會活著走出來。

但他還是走了進去。

判斷雖只是刹那間的事，但其決定卻往往會影響到一個人的一生。

屋子裡的香氣更濃，濃得幾乎可以令人溶化。

楚留香一走進門，就有一個人投入了他的懷抱。

一個女人，赤裸裸的女人。

她的皮膚光滑而柔膩，她的胸膛堅挺。

她整個人熱得就像是一團火。

陌生的地方，陌生的女人，黑暗……

世上又有哪個男人能抵抗這種可怕的誘惑？楚留香的本能似也有了反應……

女人吃吃的笑著，探索著他的反應，用甜得發膩的聲音笑道：「你還年輕，我已有很久沒有接到過年輕人了，到這裡來的，幾乎全是老頭子……又髒又臭的老頭子……」

她緊緊的纏著楚留香，就像是恨不得將他整個人都吞下去。

她的需要竟如此強烈，幾乎連楚留香都覺得吃驚了，這女人簡直已不像是人，像是一隻思春的母狼。

她的手幾乎比男人還粗野，喘息著道：「來呀……你已經來了，還等什麼？」

這匹母狼彷彿已飢渴了很久很久，一得到獵物，無法忍耐，恨不得立刻就將她的獵物撕裂！

她簡直已瘋狂。

楚留香暗中嘆了口氣。

這樣的女人，他還沒有遇到過，他也並不是不想嘗試。

只可惜現在卻不是時候。

女人呻吟著，道：「求求你，莫要再逗我好不好？我……」

楚留香突然打斷了她的話，道：「我至少應該先知道你是誰？」

女人道：「我沒有姓，也沒有名字，你只要知道我是個女人就夠了——在這裡的女人，反正全部都是一樣的。」

楚留香道：「這裡是什麼地方？」

女人像是吃了一驚，道：「你不知道這裡是什麼地方？」

楚留香道：「不知道！」

女人道：「你……你既然不知道，是怎麼來的？」

楚留香還沒有回答，她又纏了上來，膩聲道：「我不管你是誰，也不管你是怎麼來的，只要你是個男人——只要你能證明自己是個男人，我就什麼都不管了。」

楚留香道：「若是我不願證明呢？」

女人長長吐出口氣，道：「那麼你就得死！」

楚留香知道這並不是威脅，一個人到了這裡，本就隨時隨地都可能死，而且死得很快。

他若想安全，若想探聽這裡的秘密，就得先征服這女人。

要征服這種女人，只有一種法子。

楚留香卻想用另一種法子。

他突然出手，捏住了她致命的穴道，沉聲道：「我若死，你就得先死，你若想活著，最好先想法子讓我活著。」

女人非但沒有害怕，反而笑了，道：「死？你以為我怕死？」

楚留香道：「嘴裡說不怕死的人很多，但真不怕死的人我還未見過。」

女人笑道：「那麼你現在就見到了。」

楚留香道：「我也可以讓你比死更痛苦。」

女人道：「痛苦？像我這樣的人，還有什麼樣的痛苦能折磨我？」

楚留香說不出話，他知道她說的是真話。

女人又道：「你無論用什麼法子都嚇不到我的，因為我根本已不是人！」

楚留香嘆了口氣，道：「只要你幫我忙，我也會幫你的忙，無論你要什麼，我都可以答應。」

女人道：「我只要男人，只要你！」

要征服這種女人，只有一種法子，根本就沒有選擇的餘地。

無論多大的浪潮，都會過去的，來得若快，去得也快。

現在，浪已過去。

她躺在那裡，整個人都已崩潰。

她活著，也許就爲了要這片刻的歡愉。

一個人若只爲了片刻的歡樂才活著，這悲痛又是多麼深邃。

楚留香忽然覺得她比自己所遇到的任何女人都可憐，都値得同情。

因爲她的生命已完全沒有意義，既沒有過去，也沒有未來。

過去是一片黑暗，前程更黑暗。

她活著，就是在等死。

楚留香忍不住嘆了口氣，道：「只要我能活著出去，我一定也帶你出去。」

女人道：「你不必。」

楚留香道：「你難道想在這裡過一輩子？」

女人道：「是。」

楚留香柔聲道：「你也許已忘了外面的世界是什麼樣子，人間並不是如此黑暗的，那裡不但有光明，也有歡樂。」

女人道：「我不要，什麼都不要，我喜歡黑暗。」

無論她說什麼，都是同樣的聲音，永遠是那麼甜、那麼媚。

一個人竟會用這樣的聲音說出這種話，簡直是誰都無法想像的事。

她竟似已完全沒有情感，接著又道：「我要的，你已給了我，你要的是什麼？」楚留香道：「我……我想問你幾件事。」

女人道：「你不必問我是誰，我根本不是人，只不過是妓女；只要是到了這裡的人，都可以來找我，我都歡迎。」

這窄小的、黑暗的房子，就是她的全部生命，全部世界。

在這裡沒有年，沒有月，也分不出日夜。

她只能永遠在黑暗中等著，赤裸裸的等著，等到她死。

這種生活簡直不是人過的生活，簡直沒有人能夠忍受。

但她卻在忍受著。

像這種生活無論誰只要忍受一天，都會發瘋，都會變成野獸，貪婪的野獸。所以無論她做出什麼事，都是可以原諒的。

楚留香忽然悄悄下了床，穿好了衣裳。

她也沒有挽留，只是問了句：「你要走了？」

楚留香道：「我不能不走。」

女人道：「到哪裡去？」

楚留香嘆了口氣，說道：「現在我還不知道到哪裡去。」

女人道：「你知道外面是什麼地方？」

楚留香道：「不知道。」

女人道：「既然不知道，你根本就連一步都不能走，也許你只要一走出這屋子，就得死！」

楚留香淡淡接道：「也許……但我無論如何也要試試。」

女人道：「你爲什麼不要我幫你的忙？」

楚留香沉默著，只因他不忍。他既不忍說，也不忍再要她做任何事，更不忍再利用她。

現在他已有了種負罪的感覺。

若有人能忍心利用她這樣的可憐人，那罪惡簡直不可饒恕。

沉默了很久，楚留香才嘆息著，道：「無論如何，只要我能活著出去，我還是會來帶你走。」

女人也沉默了很久，才緩緩道：「你……你是個好人。」

她聲音裡竟忽然有了感情，接著又道：「無論你想到哪裡去，我都可以跟你去。」

楚留香說道：「你不必……只要跟著我，就會有危險。」

女人笑了笑，道：「危險？我連死都不怕，還怕什麼危險？」

楚留香道：「可是我……」

女人接口說道：「這是我自己願意的，我幾乎從沒有做過一件我自己願意做的事，你至少應該給個機會給我。」

世上雖沒有永恆的黑暗，卻也沒有永恆的光明，所以人間總是有很多悲慘的故事，產生了許許多多哀艷的詩賦、淒涼的歌曲……

但無論多淒涼哀艷的詩歌，都比不上這簡簡單單的一句話，這句話實在太令人心酸。

「我幾乎從來沒有做過一件我自己願意做的事……」

也許很少有人能真正了解這句話裡所含蘊的悲痛是多麼深邃，因爲也很少有人會遭遇到如此悲慘的命運。

何況，人們總覺得只有自己的悲哀才是真實的，根本就不願去體會別人的痛苦。

楚留香卻很了解。

他不但懂得如何去分享別人的成功與快樂，也很能了解別人的不幸，他一心想將某些人過剩的快樂分些給另一些太不幸的人。

所以他流浪、拚命管閒事，甚至不惜去偷、去搶。

所以他才是楚留香——獨一無二，無可比擬的「盜帥」楚留香。盜賊中的大元帥，流氓中的佳公子。

若沒有這種悲天憫人的心腸，他又怎會有如此多姿多采，輝煌豐富的一生？

那麼，後人也就不會聽到他這麼多驚險刺激，可歌可泣的故事。

黑暗。

這地方的黑暗似已接近永恆。

楚留香被她拉著手，默默的向前走，心裡還帶著歉疚和傷感！

「我沒有名字……我只不過是個工具，你若一定要問，不妨就叫我『東三娘』吧，因爲我住的是第三間屋子。」

無論多卑賤的人，都有個名字，有時甚至連貓狗都有名字。

爲什麼她沒有？

「你要我帶你到哪裡去，逃出去？」

當然不是。

「也許你要去找蝙蝠公子？」

也不是。

「我先要去救我的朋友。」

朋友永遠第一，朋友的事永遠最要緊。有些人甚至會認爲，楚留香也是爲別人活著的。

可是他願意，他只做他願意做的事。

從沒有人能勉強他——以後他若遇到不幸時，只要想起現在握住他手的這女人，他就會覺得自己還是幸運的。

「她就算不能逃出去，爲什麼沒有勇氣死呢？」

也許會有人問這話。

但楚留香卻知道，死，並不如想像中那麼容易。

尤其是當一個人被痛苦折磨得太久時，反而不會死了。

因爲他們連勇氣都已被折磨得痲木，也太疲倦了，疲倦得什麼都不想做，疲倦得連死都懶得去死。

「我知道那邊有間牢獄，卻不知你朋友是不是被關到那裡去了，說不定他們已經遭了毒手。」

這正是楚留香想都不敢想的事。

「這地方有三層，我們現在是在最下面一層。」

她的確是活在地獄中的地獄裡。

「下面這一層有東、西、南三排屋子，中間是廳，有時我們也會到廳裡去陪人喝酒。」

楚留香忽然想起了他以前去過的妓院。

那種地方通常也有個大廳，姑娘們就住在四面的小屋子裡等著，等著人用金錢來換取她們的青春。

比起這地方的人來，她們也許要比較幸運些。

但又能幸運多少呢？

又有誰真正願意做這種事？

又有誰能看到她們脂粉下的淚痕？

在這種地方做久了，豈非也會變得同樣麻木、同樣疲倦？

她們當然也想逃，但又能逃到哪裡去？

「上面那兩層，我只去過一、兩次，幸好牢獄就在下面這一層，我們出門後，沿著牆向右走，再走到後面，就到了。」

聽來這只不過是很短的一段路，但現在，楚留香卻覺得這段路簡直就好像永遠也走不到似的。

無論走多遠，都是同樣的黑暗。

他簡直就像是從未移動過。

「在這屋裡，我們還可以說話，但一走出門，就絕不能再發出任何聲音來，這裡到處都是致命的埋伏，走得慢些，總比永遠走不到好。」

在屋裡，她已將這些話全都說出來了。

現在，她只是靜靜地往前走，走得很慢。

楚留香已能感覺到她的手心漸漸發濕，正在流著冷汗。

他自己似也感覺到有種不祥的警兆！

就在這時，東三娘的腳步也已停下，手握得更緊。

楚留香雖然什麼都瞧不見，卻已感覺到有人來了。

來的有兩個人。

兩個人走路雖然都很小心，但還是帶著很輕微的腳步聲。

蝙蝠島上的人，當然絕不會人人都是輕功高手，但要是這兩人發覺了他們，後果就不堪設想了。

楚留香背貼著石壁，連呼吸都已停止。

這兩人慢慢地走了過來，彷彿是在巡邏，又彷彿是在搜索！

只要有一線光，他們就立刻會發覺楚留香距離他們還不到兩尺。

但在蝙蝠島上，絕不許有一線光，無論任何人，都絕不允許帶任何一種可以引火的東西上岸。

就連吃的東西，也都是冷食，因爲只要有火，就有光。

「要絕對黑暗！」

這就是蝙蝠公子的命令。

這命令一向執行得很嚴格、很有效！

兩個人都沒有說話，但楚留香卻忽然聽到說話的聲音。

原來他身旁就是扇門，聲音就是從門裡發出來的。

不知什麼時候，這扇門已開了。

一個男人的聲音道：「你還拉住我幹什麼？是不是還想問我要這個鼻煙壺？」

一個女人的聲音在軟語央求，道：「只要你把它給我，我什麼都給你。」

男人淡淡道：「你本就已將什麼都給我了。」

女人的聲音更軟，道：「可是，你下次來……」

男人冷笑道：「下次？你怎知我下次還會來找你？這地方的女人又不只你一個人！」

女人不說話了，這件事似已結束。

男人忽又道：「你又不吸鼻煙，爲什麼一定要這鼻煙壺？」

女人輕輕道：「我喜歡它……我喜歡那上面刻的圖畫。」

男人笑了，道：「你看得到麼？」

女人道：「可是我卻能摸得出，我知道上面刻的是山水，就好像我老家那邊的山和水一樣，我摸著它時，就好像又回到了家……」

她的聲音輕得就像夢囈，忽然拉住男人，哀求道：「求求你，把它給我吧！我本來以爲自己已是個死人，但摸著它的時候，我就像是又活了……摸著它時，我就好像覺得什麼痛苦都可以忍受，我從來沒有這麼樣喜歡過一樣東西，求求你給我吧，你下次來，我一定……」

這些話就正如東三娘說的同樣令人心酸。

楚留香幾乎忍不住要替她求他了。

但她的話還沒有說完，就聽到「啪」的一聲清脆的響聲。她的人似已被打得跌倒。

那男人卻冷笑著道：「你的手還是留著摸男人吧，憑你這樣的賤貨，也配問我要……」

東三娘突然甩脫楚留香的手，向這人撲了過去！

憤怒！只有憤怒才能令人自痲木中清醒，只有憤怒才能令人不顧一切。

東三娘撲上去時，已不顧一切！她覺得那男人的耳光就像是摑在她自己臉上一樣！

那男人顯然做夢也未想到旁邊會有人撲過來，忍不住驚呼一聲，「叮」的，一樣東西跌在地上，顯然就是那鼻煙壺。

本來在巡邏的兩個人，一聽到人聲，就停了下來，始終靜靜地站在一旁，聽到這一聲驚呼，也立刻撲了過來！也許就在這刹那間，所有的埋伏都要被引發！

也許楚留香立刻也要落入「蝙蝠」的掌握，他所有的努力、所有的計劃眼看就已將全都毀了。就毀在一隻小小的鼻煙壺上！

楚留香爲了要到這裡，不知經過多少苦難，付出多少代價，此刻卻爲了一隻鼻煙壺而被犧牲。

若有人知道他的遭遇，一定會爲他扼腕嘆息，甚至放聲一哭。

但他自己卻並沒有抱怨。因爲他知道這並不是爲了一隻鼻煙壺，而是爲了人的尊嚴！

爲了維護人類的尊嚴，無論付出多大的代價，都是值得的！甚至要他犧牲自己的性命，也在所不惜！

十八　地獄中的溫情

楚留香身形也展動，迎向那兩個巡邏的島奴。

他身子從兩人間穿了過去，兩人驟然覺得有人時，已來不及了。

楚留香的肘，已撞上他們的肋下。

絕沒有更快的動作，也沒有更有效的動作！

楚留香雙肘這一撞，幾乎已達到人類速度、體能與技巧的巔峰，已不是別人所能想像得到。

然後他立刻轉向那男人。

東三娘也已被這人打得跌出去很遠，這人正厲聲道：「你是誰？……」

這三個字他並沒有說完，楚留香的鐵掌已到了！

但這次，這人已有了警戒，居然避開了楚留香這一掌！

能到蝙蝠島上來的人，自然絕不會是尋常之輩。

他擰身，錯步，反臂揮出，用的竟是硬功中最強的「大摔碑手」，掌風虎虎，先聲已奪人！

可是他錯了！

在如此黑暗中，他本不該使出這種強勁的掌力，那虎虎的掌風已先將他出手部位暴露給敵人。

他一掌揮出，脈門已被扣住！

他更也做夢也未想到會遇著如此可怕的敵人，他成名已久，也曾身經數十戰，當然是勝的時候多，敗的時候少，所以他到現在還能活著。

但他死也不信世上竟有人能在一招間將他的脈門扣住，忍不住失聲道：「你是……」

這次，他連兩個字都未說完，全身的肌肉已驟然失去了效用，甚至連舌頭都已完全痲痺。

一隻手已點了他最重要的幾處穴道。這隻手很輕，但卻比硬功中最強的「大摔碑手」有效多了。

他也聽到有人在他耳旁沉聲道：「記住，她們也是人！」

只要是人，就是平等的。誰也沒有權利剝奪別人的尊嚴和生命。

世上只有蝙蝠可以憑自己的觸覺飛行。

蝙蝠飛行時，總會帶著一種奇特的聲音，如果這聲音觸及了別的東西，蝙蝠自己立刻就會有感應。

奇異的聲波，奇異的感應。

現在楚留香就聽到一種奇異的聲音，四面八方全是這種聲音。他知道地獄中的蝙蝠已向他飛過來。

埋伏還沒有發動，也沒有暗器射出，因爲這裡還有他們的賓客，他們也根本還未弄清這裡究竟發生了些什麼事。

但他們立刻就會弄清楚的。沒有人能在這種絕望的黑暗中抵抗他們。因爲他們已習慣於黑暗，他們的武功和攻擊在光明中也許並不可怕，但在黑暗中卻足以要任何人的命。

楚留香也是人，也不例外。

所有一切事的發生都只不過在短短的片刻間，楚留香這時若是立刻退走，或者滑上石壁，沒有人能追著他，他至少可以避過這次危機。但世上卻有種人是絕不會在危難中拋下朋友的。

楚留香就是這種人。

只聽東三娘用最低的聲音說道：「快走，到前面右轉……」

她只說到第三個字時，楚留香已拉住她的手，道：「走。」

東三娘道：「我不走，我一定要找到那鼻煙壺，送給她……」

楚留香深深地吸了口氣，沒有再說話。此刻連自己的性命都已難再顧全，她卻還要找那鼻煙壺。

她像是覺得這鼻煙壺比自己的性命還重要。

若是換了別人，一定要認爲她不是呆子，就是瘋子，縱不拋下她，也會勉強拖著她走的。

但楚留香既沒有走，也沒有攔阻，他也幫她找。因爲他知道她找的並不是鼻煙壺。她找的是她已失落的人性，已失落了的尊嚴！楚留香一定要幫她找到。

楚留香就是這麼樣的一個人。

爲了要做一件他認爲應該做，也願意做的事，他是完全不顧一切後果的，就算用刀架在他脖子上，也不能令他改變主意。他這種人也許有點傻，但你能說他不可愛麼？

「鼻煙壺究竟找到了沒有？」

這句話是胡鐵花聽了這故事後問他的。

「當然找到了。」

「等你找到那鼻煙壺的時候，你的命也許就找不到了。」

「我現在豈非還活著麼？」

胡鐵花嘆了口氣！

「你小子真有點運氣，但在那種黑暗中，你是怎麼找到小小一個鼻煙壺的呢？那豈非和想在大海裡撈針差不多？」

楚留香笑了笑，回答得很絕：「針沒有味道。」

「味道？什麼味道？什麼意思？」

「針沒有味道，鼻煙壺卻有味道……鼻煙壺跌到地上時，蓋子已跌開了，煙的味道已散開，我們雖看不到它，卻能嗅出它在哪裡。」

胡鐵花這下子才真的服了，長長的嘆了口氣。

「你實在是個天才兒童，若要換了我，在那種時候絕不會想到這一點，若要我去摸，只怕三天都找不到。」

「老實說，我實在也有點佩服我自己。」

「我知道你腦袋一向都靈，可是，你的鼻子怎麼突然也靈起來了呢？」

「就因爲我鼻子有毛病，一嗅到鼻煙就會流鼻涕，所以找起來更容易。」

胡鐵花又只有嘆息。

「有時連我也弄不明白，爲什麼每次你都能在最後的時候想出最絕的主意，用最絕的法子化險爲夷，這究竟是你的本事？還是你的運氣？」

楚留香將鼻煙壺交給那可憐的女人時，她的淚已流下，滴在他手上。這滴淚，也許比任何人的淚都值得珍惜。連她自己都想不到自己還有淚可流。

現在，她就算死，也沒關係了，她已找到了人性中最可貴的一部分，這世上畢竟還有人拿她當人，對她關心。無論對任何女人說來，這都已足夠。

只可惜世上偏偏有很多女人只懂得珍惜珍寶，不懂得這種情感的價值，等她們知道後悔時，寂寞已糾纏住她們的生命。

鼻煙壺雖找到了，楚留香卻還是留在那裡。他已無法走！四面八方都充滿了那種奇異、令人毛骨悚然的聲音。這地方顯然已被包圍住，既不知來的有多少人，也不知是些什麼樣的人。

就連石壁也響起了那些聲音，他們的包圍就像是一面網，這面網絕沒有任何漏洞。楚留香無論往哪面走，都要墮入他們的網中！但他若是留在這裡，豈非也一樣要被他們找到？

他似已完全無路可走，若是胡鐵花，早就衝上去和他們拚了。

但楚留香並沒有這麼樣做。他做事永遠有他自己獨特的法子。

「他總能在最危險的時候，想出最絕的主意。」

這屋子最多只有兩丈寬，三丈長，只有一張桌、一張凳、一張床。既沒有窗子，也沒有別的門戶。

這屋子就正如一隻甕。楚留香就在這甕裡。

來的人最少也有一、兩百個，進來搜索的也有七、八個，每個人手裡都拿著根很細很長的棒子。

這枝棒正如昆蟲的觸角，就等於是他們的眼睛。

這麼多人要在一間小小的屋子裡找兩個大人，簡直比「甕中捉鼈」還容易，只要他們的棒子觸及楚留香，他就休想逃得了。

他們的棒將這屋子每個角落全都搜索遍了，連桌子下、床底、屋頂都沒有放過。

他們竟始終沒有找到楚留香。楚留香藏到哪裡去了？

他又不是神仙，也不會魔法，難道還能真變成隻臭蟲藏在床縫裡不成？何況他還帶著東三娘。

這麼大兩個人，就躲在這屋子裡，爲何別人就硬是找不到？想不通，沒有人能想得通。

進來搜索的人顯然都很吃驚，已開始在拷問那可憐的女人！

「人到哪裡去了？」

「什麼人？這裡根本就沒有外人來過。」

「若沒有人來，他們三個是怎麼會死的？」

「不知道，我根本什麼都沒有看見，只聽到一兩聲驚呼，說不定他們是彼此互相殺死的。」

她聲音已因痛苦而顫抖，顯然正在受著極痛苦的折磨。

但她還是咬著牙忍受著，死也不肯吐露半句實話。

突聽一人道：「死的人是誰？」

話聲很熟，赫然正是丁楓的聲音。

有人很恭敬的回答道：「是大名府的趙剛，還有第六十九次巡邏的兩個兄弟。」

這句話說出來，楚留香也吃了一驚。

趙剛人稱「單掌開碑」，武功之強，已可算是江湖中的一流高手，連楚留香自己都未想到能在一招之間將他制住。

人唯有在急難中，才能發揮最大的力量。

沉默了很久，丁楓才緩緩道：「這三人都沒有死，你們難道連死人和活人都分不清麼？」

沒有人敢答話。

然後就是趙剛的呻吟聲。

丁楓道：「這是怎麼回事？是誰點了你的穴道？」

趙剛憤憤道：「誰知道，我簡直連個鬼影子都沒有瞧見。」

丁楓沉吟著，道：「他用的是什麼手法將你穴道點住的？」

趙剛道：「也不知道，我糊裡糊塗就被他點住了穴道……你們難道沒有捉住他？」

丁楓道：「沒有。」

另一人道：「小人們早已將這地方包圍住，就算是蒼蠅都逃不出去的。」

丁楓冷冷道：「蒼蠅也許逃不出去，這人卻一定能逃出去。」

趙剛嘆了口氣，道：「他簡直不是人，是鬼，我一輩子也沒有遇見過出手那麼快的人。」

丁楓道：「你應該能猜得到。」

趙剛道：「你知道他是誰？」

丁楓道：「嗯。」

趙剛道：「誰？」

丁楓道：「楚留香！」

這三個字說出，趙剛彷彿倒抽了口涼氣，怔了半晌，才吶吶道：「你怎知道他就是楚留香？」

丁楓冷冷道：「他若不是楚留香，早就將你殺了滅口了！」

趙剛沒有再說話，臉上的表情一定難看得很。

「盜帥」楚留香無論在任何情況下，都不殺人，數百年來，武林名俠中，手上從未沾過血腥的，恐怕也只有他一人而已。

這早已成爲武林佳話，趙剛自然也聽說過。

他竟然遇見了楚留香，這連他自己也不知是倒楣，還是走運。

丁楓沉默了半晌，突然道：「退，全退到原來的崗位去！」

有人囁嚅著道：「退？可是……」

丁楓冷笑道：「不退又怎樣？楚留香難道還會在這裡等著你們不成？」

那人道：「是，退！各回崗位。」

丁楓道：「第七十次巡邏開始，每個時辰多加六班巡邏，只要遇見未帶腰牌者，格殺勿論！」

「你究竟是躲在什麼地方的？」

以後胡鐵花當然要問楚留香，他當然也和別人一樣猜不到。

楚留香笑了笑，答道：「床上，我們一直都躺在床上。」

胡鐵花叫了起來，說道：「床上？你們這麼大的兩個人躺在床上，他們居然找不到？難道他們都是死人？」

楚留香笑道：「我當然有我的法子？」

胡鐵花道：「什麼法子？難道那張床上有機關？」

楚留香道：「沒有，床上只不過有床被而已。」

胡鐵花道：「那麼你用的是什麼法子？你難道真的變成了隻臭蟲，鑽到棉被裡去了？」

楚留香道：「你猜猜我用的是什麼法子？」

胡鐵花道：「誰能猜得到那些鬼花樣？」

楚留香又笑了笑，道：「其實我用的那法子一點也不稀奇……我叫她睡在另一頭，用力拉住棉被的兩個角，我拉住另外的兩個角，他們用棒子在棉被上掃過，就以為床上是空的，卻不知我們就躺在棉被底下。」

胡鐵花怔了半晌，才長長嘆了口氣，喃喃道：「不錯，這法子實在他媽的一點也不稀奇，但只有你這種活鬼，才能想得出這種不稀奇的法子。」

楚留香笑道：「我當然早已算準他們絕不會想到我就躺在床上，而且，棉被拉直了，就等於在上面又加了一層床板。」

胡鐵花道：「但那時只要有一點火光，你們就完蛋了。」

楚留香道：「你莫忘記，蝙蝠島上絕不許有一點火光的，凡事有其利必有其弊，蝙蝠公子只怕再也想不到這黑暗反而幫了我很多忙。」

胡鐵花道：「但他們巡邏得那麼嚴密，你又怎麼能逃走的？」

楚留香道：「他們一退，我立刻就走了。因爲我知道經過那次事後，他們巡邏得一定更嚴密，但退的時候，總難免有點亂，我若不能把握住那機會，以後只怕就再也休想走得了。」

「永遠不放過任何機會。」

這正是楚留香一生中奉行不渝的座右銘。

黑暗中，有兩個人的腳步聲走了進來。

一個人的腳步聲較重，另一人的腳步聲卻輕得如鬼魂，胡鐵花若非耳朵貼在地上，根本就聽不見。

除了楚留香，還有誰的腳步聲會這麼輕？

胡鐵花心裡只存下最後一線希望，試探著道：「老臭蟲？」

來的這人立刻道：「小胡？」

胡鐵花整個人都涼了，連最後一線希望都完結，恨恨道：「你他媽的怎麼也來了？你本事不是一向都很大麼？」

楚留香什麼都沒說，已走到他身旁。

胡鐵花愕然道：「你是自己走進來的？」

楚留香笑了笑道：「當然是自己走進來的，我又不是魚。」

他已解開了網，拍開了胡鐵花的穴道。

胡鐵花嘆了口氣，苦笑道：「我是魚，死魚，你的本事的確比我大得多。」

這時張三的穴道也被解開了，道：「你怎麼知道我們在這裡？」

楚留香道：「多虧我這位朋友帶我來的。」

張三愕然道：「朋友？誰？」

楚留香道：「她叫東三娘……我相信你們以後一定也會變成朋友。」

胡鐵花笑道：「當然，你的朋友，就是我的朋友，只可惜我們現在瞧不見她。」

他笑著又道：「東三娘，你好嗎？我叫胡鐵花，還有個叫張三。」

東三娘道：「好……」

她的聲音似乎在顫抖著，這也許是因爲她從未有過朋友——從來沒有人將她當做朋友。

楚留香道：「金姑娘呢？」

張三搶著道：「不知道……小胡也許知道，但卻不肯說。」

楚留香道：「爲什麼？」

張三道：「鬼才知道他爲了什麼！」

胡鐵花沉默了很久，才咬著牙道：「我們用不著找她了！」

楚留香吃驚道：「難道她已經……」

胡鐵花道：「她根本就沒有跳下滑車。」

張三失聲道：「真的？」

胡鐵花道：「我一直站在她旁邊的，數到五十的時候，我就趕緊往下跳，但她卻還是留在滑車上，絕對錯不了。」

張三訝然道：「她爲什麼不跳？」

胡鐵花恨恨道：「她根本就是蝙蝠島上的老朋友了，爲什麼要跟我們在一起？這滑車說不定就是她串通好的圈套。」

楚留香嘆了口氣，道：「你已冤枉了她兩次，千萬不能再有第三次了。」

胡鐵花道：「你說我冤枉她？」

楚留香道：「嗯。」

胡鐵花道：「那麼，你說她爲什麼不跟我們一起跳？難道她連五十都不會數？」

楚留香嘆道：「她這麼樣做，是爲了我們，更爲了你。」

胡鐵花幾乎又要叫了起來，道：「為了我？為了要叫我往網裡跳？」

楚留香道：「她絕不知道下面有陷阱。」

胡鐵花道：「那麼她就該跳。」

楚留香道：「但她若也跳下來，滑車豈非就是空的了？」

胡鐵花道：「空的又怎樣？」

楚留香道：「蝙蝠公子若是看到一輛空滑車無緣無故的滑下去，一定就會知道有人溜進來了，一定就會特別警戒，所以金姑娘才會故意留在滑車上，寧可犧牲她自己，來成全我們。」

東三娘忽然長長嘆息了一聲，幽幽地道：「你好像總是會先替別人去著想，而且還總是想得這麼周到……」

張三笑道：「所以有很多人都認為他比別人都可愛得多。」

胡鐵花也長長嘆息了一聲，道：「她既然要這麼樣做，為什麼不先告訴我？」

楚留香道：「她若先告訴了你，你還會讓她這樣做麼？」

胡鐵花跺了跺腳，喃喃道：「看來我真是個不知好歹的大混蛋。」

楚留香道：「這裡還有位朋友是誰？」

張三道：「你一定想不到他是誰的。」

楚留香淡淡道：「莫非是勾兄？」

張三也怔住了，苦笑道：「看來你真有點像是個活神仙了，你怎麼知道是他的？」

楚留香當然知道。

他早已算準了像勾子長這種人，必定會有這樣的下場！

楚留香道：「勾兄是否傷得很重？」

勾子長呻吟著，道：「香帥用不著管我，這本就是我的報應，你……你們走吧，那蝙蝠公子就在最上面一層，此刻也許正在大宴賓客。」

突聽一人冷冷道：「他們不走，他們也要留在這裡陪你！陪你死！」

聲音竟是從門外發出來的，誰也無法形容有多可怕、多難聽，那簡直就像是夜半墳間鬼哭。

這句話未說完，胡鐵花已衝過去。

胡鐵花剛衝過去，門已關起。

石門。幾乎有四、五尺厚。

石壁更厚。

只要石門從外面鎖起，這地方就變成了一座墳墓。

楚留香他們竟已被活埋在這墳墓裡！

胡鐵花嗄聲道：「你是怎麼進來的？」

楚留香道：「外面本來鎖住了，我扭開了鎖。」

胡鐵花道：「你進來時有沒有關門？」

楚留香道：「當然關了門，我怎會讓人發現門是開著的？」

胡鐵花道：「有沒有人知道你們進來？」

楚留香嘆道：「外面並沒有守衛的人，也許就因為他們知道絕沒有人能從這石牢裡逃出去。」

胡鐵花悚然道：「既然如此，方才那人是從哪裡來的？」

楚留香說不出話來了。

張三道：「也許……那人一直跟在你們身後。」

楚留香嘆道：「也許……」

胡鐵花終於忍不住叫了起來，說道：「有人跟在你身後，你居然一點也不知道，難道那人是個鬼魂不成？」

張三道：「你叫什麼？這種地方本就可能有鬼的，你再叫，小心鬼來找你。」

胡鐵花咬著牙道：「我自己也就要變成鬼了，還怕什麼鬼？」

張三道：「誰手上有火摺子？」

胡鐵花恨恨道：「誰會有火摺子？你莫忘記，我們是從海裡被人撈起來的。」

勾子長忽然道：「我有……我在襪筒裡藏了個火摺子。」

張三大喜道：「還沒有被搜出來？」

勾子長道：「這火摺子是京城『霹靂』堂特別爲皇宮大內做的，特別小巧，而且不怕水。」

張三道：「不錯，我也聽說過，據說這小小的一個火摺子，就價値千金，很少有人能買得起。」

胡鐵花道：「我找到了，火摺子就在這……」

他話未說完，東三娘忽然大聲道：「不行，這裡絕不能點火。」

胡鐵花道：「不能點火，是怕被人發覺，現在我們反正已被人關起來了，還怕什麼？」

他笑了笑，又道：「何況，我也想看看你，只要是老臭蟲的朋友，我都想……」

東三娘嘶聲道：「不行，求求你，千萬不能點火，千萬不能。」

她聲音竟充滿了驚懼恐怖之意。

她連死都不怕，爲什麼怕火光？

楚留香忽然想起她還是赤裸著的，悄悄脫下外衣，披在她身上。

東三娘身子在發抖，道：「求求你，不要讓他們點火，我……我怕。」

但這時火已亮起。

火光一亮起，每個人都似已被嚇呆了。

在這已接近永恆的黑暗中，縱然是一點火光，也足以令人狂喜。

但現在每個人臉上卻都充滿了驚奇、詫異、恐懼和悲痛之意。

這是爲了什麼？

每個人的眼睛都在瞧著東三娘。

雖然楚留香已經爲她披起了一件衣裳，但還是掩不住她那柔和而別緻的曲線，那修長而美麗的腿。

在燈光下看來，她的皮膚更宛如白玉。

她臉色是蒼白的，因爲終年都見不到陽光，但這種蒼白的臉色，看來卻更楚楚動人。

她的鼻子挺直而秀氣。

她的嘴唇雖很薄，卻很有韻致，不說話的時候也帶著動人的表情。

她果然是個美人。

無論任何人見到她，都只會覺得可愛，又怎會覺得可怕呢？

那只因她的眼睛。

她沒有眼睛，根本就沒有眼睛！

她的眼簾似已被某種奇異的魔法縫起，變成了一片平滑的皮膚。

變成了一片空白，絕望的空白！

她若是個很平凡、很醜陋的人，縱然沒有眼睛，別人也不會覺得如此可怕。

但她的美卻使得這一片空白變得說不出的凄迷、詭秘，令人自心裡發出一種說不出的恐怖之意。

胡鐵花的手已在發抖，甚至連火摺子都拿不穩了。

楚留香這才明白她爲什麼怕光亮，這才明白她爲什麼寧願死在這裡。

因爲她本就無法再有光明！

沒有人能說得出一個字，每個人的喉頭都似已被塞住。

東三娘顫聲道：「你……你們爲什麼不說話？是不是火已點著？」

楚留香柔聲道：「還沒有……」

他的心雖在顫抖，卻盡量使自己的語聲平靜。

他不忍再傷害她。

胡鐵花突然大聲叫道：「這見鬼的火摺子，簡直就像塊木頭，若有人能搧得出火來，我寧願把它吃下去。」

張三立刻也接著道：「這種火摺子居然也要賣幾百兩銀子一個，簡直是騙死人不賠命。」

勾子長也道：「看來我像是上了當了，好在我的銀子是偷來的，反正來得容易，去得快些也沒什麼關係。」

張三道：「這叫做：黑吃黑。」

楚留香瞧著他們，心裡充滿了感激。

人心畢竟還是善良的。

人間畢竟還有溫暖。

東三娘這才長長吐出口氣，說道：「好在沒有火也沒關係，我知道這地方根本沒有別的通路，就算有火，也照不出什麼來。」

她表情看來更溫柔，嘴角竟似已露出了一絲甜蜜的笑意。

她雖然明知這裡是死路，可是她並不怕。

她本就不怕死。

她怕的只是被楚留香發現她的「眼睛」。

楚留香只覺一陣熱血上湧，忍不住緊緊擁抱起她，柔聲說道：「只要能和你在一起，和我的朋友在一起，沒有火又有什麼關係？」

東三娘伏在他胸膛上，輕輕地摸著他臉，緩緩道：「我只恨一件事……我只恨看不到你。」

楚留香努力控制著自己，道：「以後你總有機會能看到的。」

東三娘道：「以後？……」

楚留香盡力使自己的聲音聽來很愉快，說道：「以後當然會有機會，你以爲我們真的會被困死在這裡麼？絕不會的。」

東三娘道：「可是我……」

楚留香笑道：「你不想跟我走也不行，我一定要帶著你一齊走，讓你看看我，看看外面的世界。」

東三娘的臉已因痛苦而抽搐。

她的手緊握，指甲已嵌入肉裡。

她顯然也在努力控制著自己，使自己聲音聽來愉快些。

「我相信你……我一定會跟你走的，我一定要看看你。」

她甚至連眼上的那一片空白都在顫抖。

若是有淚能流，此刻她眼淚必已如湧泉般流在楚留香胸膛上。

別的人又何嘗不想流淚？

想到她這種甜蜜的聲音，再看到她面上如此痛苦的表情，縱然是心如鐵石，只怕也忍不住要流淚的。

胡鐵花突然笑了。

他用盡所有的力量，才能笑出來，道：「你不看他也許還會好些，若是真看到他，一定會很失望。」

東三娘道：「爲……爲什麼？」

胡鐵花笑道：「老實告訴你，他不但是個大麻子，而且是個醜八怪。」

東三娘卻搖著頭，道：「你們騙不了我，我知道……像他這麼好心的人，老天一定不會虧待他的，他絕不會醜。何況……」

她語聲輕得彷彿在夢中，接著又道：「就算他的臉很醜，還是沒別人能比得上他好看，因爲我們看的不是他的臉，而是他的心。」

胡鐵花終於忍不住擦了擦眼淚。

他眼淚終於忍不住流了下來。

——就算這裡真的是地獄，我也情願去，因爲這裡令人流淚的溫情，已足可補償在地獄中所受到的任何苦難。

「霹靂堂」的火摺子，並不是騙人的。

火光仍然很亮，而且顯然還可以繼續很久。

大家本都在瞧著楚留香和東三娘，誰也沒有注意到別的。

直到這時，張三才發現石牢中竟還有個人。

這人赫然竟是英萬里！

張三險些就要叫了出來，但他立刻忍住，他絕不能讓東三娘疑心這裡已有火光……若沒有火光，他怎能看到別人？

他心念一轉，喃喃道：「不知道這裡還有沒有別的人？說不定我們還有朋友在這裡。」

胡鐵花立刻也明白他的意思了，立刻接著道：「朋友總是愈多愈好。」

張三道：「小胡，我們分頭摸索著找找好不好？」

胡鐵花道：「好，我往右面找。」

他們故意的慢慢走，走到英萬里那裡。

英萬里蜷伏在角落中，閉著眼睛，眼角似也有些淚痕。

剛才發生的事，他顯然也看到了，只可惜他不能開口。

他的嘴已被塞住。

張三故意「哎喲」了一聲，道：「這裡果然還有個人，不知道是誰？」

胡鐵花道：「我摸摸看……咦，這人的耳朵彷彿是『白衣神耳』，莫非是英老先生？」

張三已掏出了塞在英萬里嘴裡的東西。

他立刻忍不住要嘔吐。

塞在英萬里嘴裡的，竟是一隻手！

一隻血淋淋的手。

再看英萬里自己的右手，竟已被齊腕砍斷！

那蝙蝠公子果然不是人，人怎麼做得出如此殘酷、如此可怕的事？

英萬里的嘴角已被脹裂，穴道一解開，就開始不停地嘔吐，卻嘔不出任何東西來——他的腸胃似也被掏空了！

胡鐵花咬著牙，只恨不得能去咬那蝙蝠公子一口！咬他的手！

張三扶起了英萬里，輕輕托著他後心，也咬著牙，說道：「英先生，英老前輩，是我們，我們都在這裡。」

悲憤中，他已忘記了這並不是一句安慰的話——他們都在這裡，那就表示一切都已絕望。

英萬里的嘔吐已停止，乾涸了的血漬還凝結在他嘴角上。

他喘息了很久，才長長嘆了口氣，道：「我早就知道你們都會來的。」

胡鐵花道：「爲什麼？」

英萬里道：「人家早就準備好來對付我們了。從一開始，我們的一舉一動別人都知道得清清楚楚。」

胡鐵花道：「誰知道得清清楚楚？蝙蝠公子？」

英萬里道：「不錯，他不但知道我們要來，而且也知道我們在什麼時候來。」

胡鐵花道：「他怎麼會知道的？」

英萬里道：「當然是有人告訴他的，這人對我們每件事都瞭如指掌。」

張三忍不住瞪了勾子長一眼。

勾子長立刻道：「我沒有說——用不著我說，他們已知道了，而且知道得比我還清楚。」

張三雖然明知道在這種時候，他絕不會再說謊，卻還是忍不住道：「若不是你說的，是誰說的？我們的行動還有誰知道？」

勾子長道：「我不知道是誰……我只知道這些人中必還有個內奸。」

他嘆息了一聲，接著道：「我也知道我說的話你們絕不會相信，但我卻還是不能不說。」

楚留香突然道：「我相信你。」

張三道：「你相信他？爲什麼？」

楚留香道：「殺死白獵的絕不是他，他也絕不會知道藍太夫人就是枯梅大師。」

張三道：「你認爲殺死白獵的，和定計害死枯梅大師的是同一個人？」

楚留香道：「不錯，也就是那人出賣了我們。」

張三道：「你不知道他是誰？」

楚留香嘆道：「現在我還猜不出，縱然猜到了一點，也不能確定。」

張三道：「你姑且說出來讓我們聽聽。」

楚留香道：「沒有確定的事，我從不說！」

寧可自己上當一萬次，也不願冤枉一個清白的人。

這就是楚留香的原則。

張三自然也知他無論做什麼事都是絕對遵守原則的，只有苦笑道：「等你能確定的時候，也許我們都已聽不到了。」

英萬里道：「知道我們行動的人並不多，除了在這裡的三個人外，就只有那位高姑娘、華姑娘，和金姑娘，難道是她們三人中的一個？」

胡鐵花立刻道：「絕不是高亞男，她絕不會出賣我的。」

張三道：「難道華姑娘會害自己的師父？」

胡鐵花道：「當然也不會。」

張三淡淡道：「如此說來，有嫌疑的只剩下一位金姑娘了。」

胡鐵花怔了怔，道：「也不是她。」

張三冷笑道：「既然不是她們，難道是你麼？」

胡鐵花說不出話來了。

楚留香沉吟著，道：「丁楓既然也不知道藍太夫人就是枯梅大師，知道這件事的人更少——英先生，難道你也是一到了這裡，就遇到了不測？」

英萬里苦笑道：「我根本還沒有到這裡，一上岸，就遭了毒手。」

楚留香道：「既然還在海岸上，你想必還能分辨出那人的身形。」

英萬里道：「不錯，那時雖也沒有星月燈火，但至少總比這地方亮些。」

楚留香道：「你看出那人是誰了麼？」

英萬里道：「我只看出那人穿著件黑袍，用黑巾蒙著臉，武功之高，簡直不可思議！我根本連抵抗之力都沒有。」

楚留香皺眉道：「這人會是誰呢？」

胡鐵花搶著道：「除了蝙蝠公子還有誰？」

他自信這次的判斷總不會錯了，誰知道英萬里卻搖了搖頭，道：「那人絕不是蝙蝠公子！」

胡鐵花道：「你怎麼知道不是？」

英萬里道：「他是個女人！我雖然看不清她，卻聽到她說話的聲音。」

胡鐵花愕然道：「女人？……難道就是昨夜以繩橋迎賓的那女人？」

英萬里道：「也不是，她武功雖也不弱，卻也比不上這女人十成中的一成。」

胡鐵花動容道：「武功如此高的女人並不多呀。」

英萬里沉默了很久，忽然又道：「她也就是方才在門口說了句話的那個人。」

胡鐵花皺眉道：「方才說話的也是個女人麼？女人說話的聲音怎會那麼難聽？」

英萬里道：「她本來說話絕不是那種聲音。」

胡鐵花道：「她本來說話是什麼聲音？你聽出來了沒有？」

英萬里的表情突然變得很奇特，臉上的肌肉似已因某種說不出的恐懼而僵硬，過了很久，才長嘆道：「我老了，耳朵也不靈了，哪裡還能聽得出來！」

他竟連說話的聲音都已有些發抖。

胡鐵花忍不住問道：「你是真的聽不出？還是不肯說？」

英萬里的嘴唇也在發抖，道：「我……我……」

楚留香忽然道：「此事關係如此重大，英老先生若是聽出了，又怎會不肯說？」

胡鐵花撇了撇嘴，道：「無論如何，她至少總不會是高亞男、華真真和金靈芝。她們三個人的武功加起來也沒有那麼高。」

楚留香嘆道：「不錯，現在我才知道她想必一直都跟在我後面的，我卻連一點聲音都沒有聽到。就憑這份輕功，至少也得下三十年以上的苦功夫。」

張三皺眉道：「如此說來，她豈非已是個五六十歲的老太婆了？」

胡鐵花道：「江湖中武功高的老太婆倒也有幾個，但無論哪一個都絕不會做蝙蝠公子的走狗，更不會知道我們的行動……」

剛說到這裡，他手裡的火摺子突然熄滅。

火摺子是英萬里吹熄的，就在這同一剎那間，楚留香已一個箭步竄到門口。

只有他們兩人聽到了開門的聲音。

門果然開了一線。

這機會楚留香自然絕不會錯過！

他剛想衝過去，門外已有個人撞了進來，撞到他身上！

接著，「砰」的一聲，門又闔起。

楚留香出手如電，已扣住了這人的腕脈。

他手指接觸到的是柔軟光滑的皮膚，鼻子裡嗅到的是溫馨而甜美的香氣。

又是個女人。

楚留香失聲道：「是金姑娘麼？」

這人的牙齒還在打著戰，顯然剛經過極危險、極可怕的事。

但現在她卻笑了，帶著笑道：「你拉住我的手幹什麼？你不怕小胡吃醋？」

楚留香和胡鐵花幾乎在同時叫了出來。

「高亞男，是你！」

火摺子又亮了。

高亞男的臉色蒼白，頭髮凌亂，衣襟上帶著血漬，嘴唇也被打破了一塊，誰都看得出她一定已吃了不少苦頭。

胡鐵花衝了過來，失聲道：「你怎麼也來了？」

高亞男笑道：「知道你們在這裡，我怎麼會不來？」

她雖然在笑，笑得卻很悲慘，眼眶也紅了。

胡鐵花拉起她的手，道：「是誰欺負了你？是不是那些王八蛋？」

高亞男闔起了眼簾，淚已流下。

胡鐵花恨恨道：「他們爲什麼要這樣對你？你不是他們請來的客人麼？」

高亞男道：「他們現在已知道我是誰了……也許早就知道我是誰了。」

胡鐵花咬著牙道：「英先生說的不錯，這些人裡果然有內奸。」

楚留香道：「可是……華姑娘呢？」

高亞男忽然冷笑了一聲，道：「你用不著想她了，她絕不會到這裡來。」

楚留香道：「爲什麼？」

高亞男張開眼，眼淚已被怒火燒乾，恨恨道：「我現在才知道，出賣我們的人就是她！」

這句話說出，每個人都怔住了！

高亞男道：「將『清風十三式』的秘本盜出來的人就是她！師父想必早就在懷疑她了，所以這次才故意將她帶出來，想不到……想不到……」

說到這裡，她忍不住又放聲痛哭起來。

張三跺了跺腳，道：「不錯，她當然知道藍太夫人就是枯梅大師，當然知道我們的行動，當然也會摘心手。想不到我們竟全都被這小丫頭賣了。」

胡鐵花恨恨道：「白獵想必在無意間看出了她的秘密，所以她就索性將白獵也一齊殺了——那時我就已有些懷疑她。」

張三冷笑道：「那時我好像沒聽說你在懷疑她，只聽你說她又溫柔、又善良，而且，一見血就會暈過去，絕不會做這種事的。」

胡鐵花狠狠瞪了他一眼，又嘆道：「老實說，這丫頭實在裝得太像了，真他媽的該去唱戲才對。」

高亞男抽泣著道：「家師臨死的時候，的確留下過遺言，要我對她提防著些。但那時連我也不相信，所以也沒有對你們說出來。」

張三道：「她想必已知道令師在懷疑她了，所以才會提前下那毒手。」

高亞男道：「但家師一向待她不薄，我又怎麼想得到她會和蝙蝠島有勾結呢？」

胡鐵花道：「我唯一想不通的是，她的武功怎會有那麼高，能隨隨便便就殺了白獵？」

高亞男咬著牙，道：「白獵又算得了什麼？連你們只怕都不是她對手。」

張三失聲道：「那小丫頭好像一口氣都能吹得倒似的，又怎會有這麼大的本事？」

高亞男嘆道：「你們全都忘了一件事。」

張三道：「什麼事？」

高亞男道：「你們全忘了她姓華。」

胡鐵花道：「姓華又怎樣？難道……」

說到這裡，他忽然叫了起來，道：「她莫非是昔年『辣手仙子』華飛鳳的後人？」

高亞男道：「一點也不錯。華祖師爺修成正果後，就將她早年降魔時練的幾種武功心法全都交給了她的兄弟。因爲這些武功全都是她老人家的心血結晶，她實在捨不得將之毀於一旦。」

胡鐵花道：「摘心手的功夫想必就是其中之一。」

高亞男道：「但摘心手卻還不是其中最厲害的功夫。她老人家也覺得這些武功太過毒辣，所以再三告誡她的兄弟，只能保存，不可輕易去練。」

胡鐵花道：「這幾種武功的確已失傳了很久，有的我連聽都沒聽說過。」

高亞男道：「但華真真也不知用什麼法子，將這幾種武功偷偷練會了，然後才到華山來找家師。」

胡鐵花道：「她以前並不是華山門下？」

高亞男道：「她投入本門，只不過是近幾年來的事。師父聽說她是華太祖師的後輩，自然對她另眼相看，所以才傳給她『清風十三式』。」

胡鐵花沉吟著，道：「也許她就是爲了要學『清風十三式』，所以才到華山去的！」

高亞男道：「想必正是如此。因爲那幾種武功雖然厲害，但『清風十三式』卻正是它們的剋星。」

胡鐵花嘆道：「她想必在未入華山門之前，就已和蝙蝠島有了勾結。」

高亞男黯然道：「家師擇徒一向最嚴，就爲了她是華太祖師的後人，所以竟未調查她的來歷，否則也就不會有今天這種事發生了。」

張三道：「如此說來，昨夜英老先生遇著的人，想必也就是她。」

英萬里遲疑著，似乎想說什麼，卻又遲疑著，不敢說出來，也不敢向楚留香那邊瞧一眼。

他似乎做了什麼虧心的事，不敢面對楚留香。

楚留香卻一直保持著沉默，什麼話也沒說。

勾子長忽然嘆了口氣，道：「現在我們總算將每件事都弄明白了，只可惜已太遲了些。」

胡鐵花道：「我卻還有件事不明白。」

勾子長道：「什麼事？」

胡鐵花道：「你那黑箱子裡本來裝的究竟是什麼？總不會是火藥吧？」

勾子長道：「火藥是丁楓後來做的圈套，箱子裡本來什麼都沒有！」

胡鐵花道：「什麼都沒有怎會那麼重？」

勾子長道：「誰說那箱子重？」

胡鐵花摸了摸鼻子，苦笑道：「看來就算是親眼看到的事，也未必可靠。」

楚留香淡淡道：「不錯，有時連眼睛都靠不住，又何況是耳朵？」

英萬里忽然撲了過來，抓住勾子長，厲聲道：「箱子既然是空的，贓物在哪裡？」

勾子長盯著他，良久，才嘆了口氣，緩緩道：「我現在還不想死。」

英萬里道：「誰都不想死。」

勾子長道：「但我若說出贓物在哪裡，我就活不長了。」

英萬里還想再問。

但就在這時，突聽一人冷冷道：「你們都很聰明，只可惜無論如何都已活不長了。」

十九　蝙蝠公子

這裡只有七個人。

楚留香、胡鐵花、張三、勾子長、英萬里、高亞男和東三娘。

這句話卻不是他們七個人說的。

聲音彷彿很遙遠，但每個字聽來都很清楚。

七個人全都怔住。

誰也不知道這聲音是哪裡來的。

石獄中驟然變得死一般靜寂，幾乎連呼吸也都已停止。

過了很久，那聲音才又響起：「但我並不急著殺你們，現在你們已什麼都瞧不見，我立刻就要你們連聽都聽不見，然後再慢慢地要你們的命！」

這人還不知道這裡已有了火光，顯然並不在這屋子裡。

他在哪裡？

楚留香突然縱身一掠，滑上了石壁。

他立刻發覺屋角上竟藏著根銅管。

管口很大，宛如喇叭，然後才漸漸收束，直埋入石壁深處。

聲音就是從這銅管裡發出來的。

說話的人在銅管另一端，顯然也可以從銅管中聽到這裡的動靜，他們在這裡說的每一句話，他都能在那裡聽得清清楚楚。

他是否已聽出了什麼？

楚留香對著銅管，一字字地道：「閣下就是蝙蝠公子？」

他每個字都說得很慢，聲音聽來也不很大。

但他每說一個字，銅管都被震得嗡嗡發響。

對方沉默了很久，才緩緩道：「久聞楚香帥輕功妙絕江湖，不想內力也如此深厚，若能與我爲友，何愁不能雄霸天下。只可惜……」

說到這裡，他語聲忽然停頓，彷彿在嘆息。

但突然間，這嘆息聲就變了，變得說不出的尖銳。驟然聽來像是一種聲音，但仔細聽來，卻又像無數種聲音混合在一起，一聲接著一聲，愈來愈快，又像是千萬柄刀劍互相在摩擦。

銅管也被震得起了回應。

整個山窟都似乎震動了起來。

沒有人能忍受這種聲音。

楚留香想用手去堵住銅管，但一觸銅管，整條手臂就都被震麻了，他的人也像是一片風中秋葉般跌了下去。

胡鐵花只覺得彷彿有千百根針在刺著他的耳朵，又從耳朵鑽入他的心，他的人也似將被撕裂。

他的手也被震得發抖，火摺子已跌在地上。

他什麼都再也看不到，什麼都再也不能想。

他全部力量都已被這種聲音所摧毀，唯一能做的事，就是用兩隻手緊緊塞住耳朵。

但聲音還是透過了他的手，往他耳裡鑽，往他心裡鑽。

他精神都已幾乎完全崩潰，幾乎要發瘋，只要能停止這種聲音，他不惜犧牲任何代價都情願。

要他死，他都情願。

但聲音就像是永遠也不會停止，誰也不知道還要繼續多久……

黑暗，死寂。胡鐵花的耳朵還在嗡嗡作響，但那種可怕的聲音卻已不知在什麼時候停止了。

他全身都已被汗水濕透，整個人都已虛脫，躺在地上喘息著，就像是剛到地獄裡去和惡鬼們搏鬥了一場，就像是場噩夢。

過了很久，他耳朵還是聽不到別的聲音。

但他總算已能站了起來。

楚留香常說他的身子就像是鐵打的。

只要他還剩下一口氣，他就能站得起來。

但別的人呢？

別人是否也能熬過這場噩夢？

胡鐵花摸索著，去找火摺子。

火摺子也不知跌到哪裡去了，在如此黑暗中，哪能找得到？

這時他還沒有聽到楚留香找鼻煙壺的故事，所以也想不到要用「鼻子」去找——火摺子也有味道的。

硫磺硝石的味道。

他正在想法子，火光忽然亮了。

一個人站在他面前，手裡拿著火摺子，赫然竟是東三娘。

胡鐵花怔住，呆呆的瞧著她，久久都說不出話來。

東三娘面上卻連一點表情都沒有，淡淡地道：「這火摺子很好，用的是上好的硫磺，所以連味道都是香的。」

火光在搖晃，是哪裡來的風？

胡鐵花轉過頭，立刻又歡喜得幾乎叫了出來。

石門竟已開了。

楚留香的人還靠在門口，眨著眼睛，似乎已睡著。

他全身也已濕透，看來更是疲倦不堪，但嘴角卻帶著笑。

門口還有兩個黑衣蒙面人，手裡拿著根棒子，棒子業已折斷，人也已倒在地上，四肢扭曲著，縮成一團。

他們顯然也發現石門開了，正想衝過來關門，但一衝過來，就被那可怕的聲音所擊倒。

這石門也是被這聲音震動的力量，再加上楚留香本身的真力所震開的。

無論多可怕的人，你只要懂得如何去降伏他，他就是你的奴隸。無論多可怕的力量，你只要懂得如何去利用它，它也會變得屬於你。

楚留香一向很懂得這道理。

張三呢？

張三的人就像是隻粽子般縮在角落裡。

高亞男就躺在胡鐵花的腳下，已能掙扎著站起來。

女人對於痛苦的忍耐力，的確要比男人強些。

最慘的還是英萬里。

他的頭已被自己撞破，兩隻「白衣神耳」也被扯了下來。

他只剩下了一隻手，自然不能掩住兩隻耳朵。

何況，「白衣神耳」是用合金打成再嵌入耳骨的，傳音最靈敏，他就算能用手擋，也擋不住那音波。

他剩下來的一隻手緊緊抓住勾子長的手。

這是他要抓的逃犯，他無論是死是活，都絕不會放過他！

勾子長已暈了過去。

東三娘將火摺子慢慢地交給胡鐵花，慢慢地轉身向門外走。

楚留香突然清醒了，拉住她的手，柔聲道：「你怪我騙了你？」

東三娘笑了笑，道：「我怎會怪你，你……你本是好意。」

她笑得很溫柔，也很淒涼，緩緩接著道：「你們都是好人，我永遠都感激……」

楚留香道：「那麼……你爲何要走？」

東三娘沉默了很久，淒然道：「我能不走麼？你看到我不噁心？」

楚留香說道：「我什麼都沒看到，我只看到了你的心。只知道你的心比任何人都美得多，這就已足夠了。」

東三娘身子顫抖著，忽然撲倒在楚留香胸膛上，放聲痛哭了起來。

這是沒有淚的痛哭。

胡鐵花的眼淚都幾乎忍不住要流了下來，乾咳了幾聲，大聲喝道：「張三，你少裝孫子，還賴在那裡幹什麼？」

張三嘆了口氣，道：「我不是裝孫子，我簡直就是個孫子，你們走吧，我走不動了，反正英萬里和勾子長也要人守著。」

英萬里忽然張開眼睛。

他目光已變得說不出的呆滯遲疑，茫然四顧，竟叫了起來，道：「原……」

只叫出了這一個字，他的臉突然扭曲，身子也在抽縮，已嚇得面無人色，就像是又看到了鬼似的。

然後，他也暈了過去。

一走出這石獄，就不能再用火摺子。

「這條路我走過，你跟著我走！」

高亞男拉著胡鐵花的手，在前面帶路。

楚留香和東三娘，走在另一邊。

這樣他們的力量雖分散，但目標愈少，就愈不易被人發現，縱然有一路被發現，另一路還可以設法援救。

奇怪的是，巡邏的人反似少了——這也許是因為蝙蝠公子認為他們已被困死，所以防守就難免疏忽。

突然間，黑暗中出現了一片碧磷磷的鬼火。

火光明滅閃動，竟映出了四個字：「我是兇手！」

胡鐵花只覺高亞男的手突然變得冰冷，他自己手心也在冒汗。

誰是兇手？

這鬼火是從哪裡來的？難道枯梅大師真的英魂不滅，又在這裡顯了靈麼？

胡鐵花正想追過去，那片鬼火卻突然飄飄的飛了起來。

也就在這時，他只覺腰背處麻了麻，七、八根棒子同時點在他身上，點了他背後七、八處穴道！

他的一舉一動，竟還是瞞不過蝙蝠公子。

無論他走到哪裡，都早已有人在那裡等著了！

楚留香已掠上了第二層。

也不知爲了什麼，他行動似乎變得有些大意起來，也許是因爲他早就知道無論自己多小心，行動還是難免被人發覺的。

第二層上居然也沒有遇見巡邏防守的人。

楚留香剛喘了口氣，竟然感覺出一陣衣袂帶風聲。

風聲很急，卻很輕。

楚留香剛推開東三娘，這人已撲了過來，刹那間已出手三招，尖銳的風聲卻像是分成了六、七個方向，同時擊向楚留香。

三招過後，楚留香已知道這人實在是他生平所遇見的最可怕的對手，甚至比石觀音、陰姬和薛衣人還要可怕得多。

因爲這人每一招出手，都充滿了仇恨，像是恨不得一出手就要楚留香的命，而且，只要能要了楚留香的命，他自己也不惜同歸於盡。

這種招式不但可怕，而且危險。

面對著這種招式，生與死之間根本就沒有選擇的餘地！

第三層，是最上面一層。

若是有光，坐在第三層上，就可將第一層和第二層的動靜都看得清清楚楚。

但第三層上說話的聲音下面卻聽不到，因爲這一層特別高，就像是個戲台，只不過坐在戲台上的並不是唱戲的，而是看戲的。

現在，在如此黑暗中，他們當然也看不到什麼。

他們只看到了一點碧森森的鬼火，在第二層上飛躍、旋轉、跳動！

也沒有人說話，只能聽到一陣陣呼吸聲。

呼吸聲很重，坐在這裡的人顯然不少。

鬼火飛躍得愈來愈快，有時明明看到它是往左面去的，也不知怎麼樣突然一折，就突然到了右面。

到後來這點鬼火就像是連成了一條線。

一條曲折詭異的線。

但只要這點鬼火一停下來，就立刻映出四個字：「我是兇手！」

也不知過了多久，終於有個人忍不住問道：「這四個字是用碧磷寫在人身上的麼？」

另一人笑了笑，道：「果然還是朱先生好眼力。」

這聲音低沉、嘶啞，卻帶著種無法形容的權威和懾人之力，彷彿只要他一句話說出，就可決定千百人的生死。

這正是蝙蝠公子的聲音。

那位朱先生嘆了口氣，道：「這四字若是寫在人身上的，這人的動作就實在太快了。」

蝙蝠公子道：「朱先生猜得出他是誰麼？」

朱先生沉吟著，道：「放眼天下，身法能有如此快的人並不多，在下已想到了一個人，只不過……這人卻又不可能是他。」

蝙蝠公子道：「朱先生想到的是誰？」

朱先生道：「楚香帥。身法如此迅急詭異的人，除了楚香帥外，實在很難再找到第二個。」

蝙蝠公子又笑了笑，道：「既然如此，這人為何不可能是他？」

朱先生沉吟了半晌，道：「若是楚香帥，又怎會被人在身上寫下這麼樣的四個字？」

蝙蝠公子緩緩道：「也許這四個字並不是人寫的，而是鬼魂顯靈。」

他聲音突又變得說不出的虛幻空洞。

朱先生似乎打了個寒噤，嗄聲道：「鬼魂？誰的鬼魂？」

蝙蝠公子道：「自然是被他殺死的人的鬼魂。」

朱先生失聲道：「楚香帥也殺人？」

蝙蝠公子淡淡道：「他若真的從未殺人，又怎會有鬼魂纏身？」

朱先生長長吸了口氣，顯然已相信了七分。

因爲活著的人，絕沒有人可能不知不覺在楚留香身上寫這麼樣四個字的，無論誰都知道楚留香的反應一向快得可怕。

過了很久，朱先生才將這口氣吐出來，道：「看情況，他現在好像正和人交手。」

蝙蝠公子道：「看來好像是的。」

朱先生道：「這人又是誰呢？他們現在至少已拆了一百五十招，能接得住楚留香百招以上的人，江湖中已不多，但這人直到現在還未落下風。」

蝙蝠公子緩緩道：「也許他不是人。」

朱先生似又打了個寒噤，道：「不是人是什麼？」

蝙蝠公子的聲音更虛幻，道：「是鬼魂……來找楚留香索命的鬼魂。」

這句話說出，呼吸聲忽然輕了。

有的人呼吸似已停頓。

鬼魂！

這兩個字本也是虛幻而空洞的，因爲誰也沒有真的見過鬼魂，但現在，在這種可怕的黑暗中，這兩個字卻突然變得很真實。

每個人的眼前都彷彿出現了個鬼魂，各式各樣的鬼魂。

每個人所遇見的鬼魂都不一樣，因爲在人的想像中，鬼魂本就沒有一定的形狀，但無論是什麼形狀，卻都是同樣可怕的。

只要有一點光，就可看出這些人怕得多麼厲害，有的人額上冒著冷汗，有的人在椅子上不安的扭動。

有的人緊緊抓住自己的衣襟，簡直已連氣都透不過來。

只要有一點光，他們也就不會怕得這麼厲害。

因爲鬼魂總是和黑暗一齊來的，沒有光的地方，才有鬼魂。

「這黑暗中究竟隱藏著多少鬼魂？」

坐在這裡的，自然都是有身分、有地位的武林大豪，他們能夠爬上今日的地位，自然多多少少總殺過幾個人。

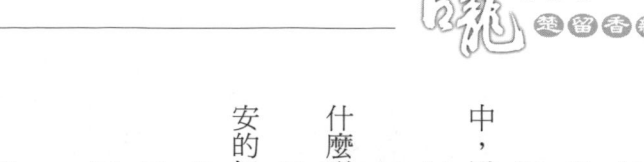

「現在，這些鬼魂是不是也來了呢？是不是也在找人索命？」

「鬼魂」這種事的確很奇妙，你若不去想，它就不在。

只要你一去想，就愈想愈多。想得愈多，就愈害怕。

蝙蝠公子似已猜出他們心裡在想著什麼，突然又道：「各位可看到這鬼魂是什麼樣子的麼？」

誰都不願回答這句話。

過了很久，才有個人吃吃道：「看……看不到，誰都看不到鬼的！」

蝙蝠公子悠然道：「誰說的，只要你想看，就一定能看得到。」

他慢慢地接著道：「這鬼魂看來好像是個女鬼，而且死了還沒有多久，所以身上到處都是血，眼睛裡也有血在慢慢地流出來……」

黑暗中已有牙齒打戰的聲音。

但說到這裡，蝙蝠公子的語聲突然停頓。

那點碧森森的鬼火已突然不見了！

這是怎麼回事？

難道楚留香已倒了下去？

那女鬼要了他的命之後，還會要誰的命？

每個人的心都在七上八下，跳個不停，卻沒有人敢問出來。

蝙蝠公子突然拍了拍手，道：「下去瞧瞧。」

一人道：「是。」

這是丁楓的聲音。

大家只覺得一陣衣袂帶風聲很快的掠出去，又很快的掠了回來。

只聽丁楓道：「下面沒有人。」

他聲音中竟也充滿了恐懼之意。

蝙蝠公子道：「沒人？第八十三次巡邏的人呢？」

丁楓道：「也不在。」

蝙蝠公子沉默了很久，緩緩道：「我要的那些人全都帶上來了麼？」

丁楓道：「是。」

蝙蝠公子沉默了很久，突然道：「好，第二次拍賣開始。」

楚留香和那「鬼魂」竟全都不見了？

他們去了哪裡？

難道他們已結伴入了鬼域？

呼吸聲終於漸漸正常。

蝙蝠公子緩緩道：「我不遠千里，將各位請到這裡來，雖然未必能令各位全都滿載而歸，至少也得要各位覺得不虛此行。」

那位朱先生立刻陪笑道：「無論如何，在下等的確都已大開眼界。」

其實這句客氣話說得一點都不高明，他根本什麼都沒有看到，卻偏偏要說「大開眼界」。

蝙蝠公子笑了笑，道：「在方才第一次拍賣中，我已賣出了黃教密宗『大手印』的秘笈，蜀中唐門所製的十三種毒藥，和五年前『臨城大血案』兇手姓名。我希望這些貨物全都能令買主滿意。」

幾個人同時陪笑道：「滿意極了，江湖中誰都知道公子絕不會令人失望的。」

蝙蝠公子道：「永遠不讓顧客失望，這正是我做生意的原則。而且，我這裡的貨物從來不濫賣，貨物只賣一次，絕不會再賣給另一個人。」

他又笑了笑，接著道：「所以，買下『臨城血案』兇手姓名的人，若就是兇手自己，也大可放心，我絕不會再將這秘密洩露。」

突然有人問道：「卻不知是誰買下這秘密的？」

蝙蝠公子冷冷道：「永遠替顧客保守秘密，也是我做生意的原則，各位無論在這裡買下了什麼，都絕不會有別人知道。」

黑暗中似乎有人鬆了口氣。

蝙蝠公子又道：「而且，各位現在雖然共處一堂，但誰也瞧不見誰，我對各位的稱呼，也是事先約定的假名，所以各位只管放心出價，我可以保證，絕不會有人知道你是誰。只要銀貨兩訖，以後就絕不會再有別的痲煩。」

有人問道：「卻不知在這二次拍賣中，公子你準備售出的是什麼？」

蝙蝠公子笑了笑，道：「這次我出售的東西，比平時要特別些。」

又有人忍不住問道：「特別麼？什麼特別？」

蝙蝠公子道：「這次要賣的是人！」

那人失聲道：「人？是活人？還是死人？」

蝙蝠公子道：「死活悉聽尊意，只不過活人有活人的價錢，死人有死人的價錢。」

他又拍了拍手，道：「好，現在拍賣立刻開始，請各位準備出價吧！」

這一次蝙蝠公子要出售的竟是人。

世上還有什麼比人更有趣的貨物呢？

「他要賣的究竟是些什麼人？是天仙般的美女？還是忠誠的女人？——美麗和忠誠這兩件事，是很難在同一個女人身上發現的。」

「也許他要賣的是男人，是什麼樣的男人？是可以替你想出千百種計謀的智者，還是可以爲你去拚命的勇士？」

大家心裡都在猜測，都覺得好奇。

愈好奇，就愈覺有趣。

只聽丁楓道：「第一個人名叫勾子長，底價是十萬兩。」

沉默了半晌，才有人問道：「勾子長是什麼人？我連他名字都未聽說過，也能值十萬兩？」

丁楓道：「幾個月前發生了一件貢品被盜案，各位想必還記憶猶新吧？」

有人道：「是不是熊大將軍的貢品被盜？」

丁楓道：「不錯，勾子長就是做案子的人，也就是一夜間連傷七十餘命的兇手，無論誰若能將他擒獲歸案，不但立刻就可名動九城，而且花紅賞金也絕不會少的。」

於是就有人開始出價了。

「十萬五千兩。」

「十一萬。」

「十二萬。」

出價並不踴躍，因爲這件事一定很燙手，而且一定要和官府打交道，無論什麼事只要和官府打交道，麻煩就多了。

最後的得主出價是「十二萬五千兩。」

丁楓道：「好，十二萬五千兩，閣下交錢之後，隨時都可將人帶走。」

得主突然道：「我是不是一定要將他送去歸案？」

丁楓道：「不必，閣下無論將他如何處置都悉聽尊意。」

蝙蝠公子突然道：「勾子長單槍匹馬，就能做得出那麼大的案子，殺了他實在可惜。」

得主也笑道：「實在可惜。不瞞公子，在下正打算和他聯手做幾件事，就算有人出的價再高，在下也絕不肯讓的。」

方才沒有出價的人，已在暗暗後悔，爲什麼沒有想到這一層。

丁楓又道：「第二個叫英萬里，號稱『神鷹』，本爲九城名捕，底價也是十萬兩。」

這一次他話剛說完，已有人出價了，而且價錢跳得很快，很高！

「十一萬。」

「十三萬。」

「十七萬……」

英萬里平生捕獲的盜賊不知有多少，結下的冤家更不知有多少，這些人要的並不是他的人，而是他的命！

最後的得主出價是「二十萬五千兩。」

丁楓道：「第三個人叫張……」

他話還沒說完，蝙蝠公子突然道：「第三人是胡鐵花，底價五十萬兩。」

「胡鐵花」這名字說出，黑暗中已起了一陣驚嘆之聲。

「五十萬兩」這數目說出，驚嘆聲更大。

有人道：「胡鐵花？卻不知是不是那位號稱『花蝴蝶』的胡鐵花？」

丁楓道：「正是此人。」

大家突然沉默了下來。

丁楓道：「各位爲何還不出價？」

還是沒有人說話。

胡鐵花的仇家並不多，五十萬兩這價錢也太高了。何況，胡鐵花當然要比勾子長還燙手得多。

丁楓道：「朱先生也不敢出價麼？」

朱先生乾咳了兩聲，道：「並不是不敢，只不過……在下買他又有什麼用？」

蝙蝠公子突然道：「也許各位認爲這價錢太高了些，我們不如削價出售吧！」

丁楓道：「是，無論能賣得了多少，總比賣不出去的好。」

蝙蝠公子道：「死人的價錢就比活人便宜多了，你先殺了他再說。」

丁楓道：「現在就動手？」

蝙蝠公子道：「立刻就動手！」

丁楓道：「是……」

突聽一人道：「我要活的，我出一百萬兩！」

楚留香！

這聲音低沉、穩定，帶著種奇特的吸引力，赫然正是楚留香。

楚留香不知何時也已來了。

蝙蝠公子突然縱聲大笑起來，道：「我猜得果然不錯，無論價錢多高，必定有人會出價的。」

他笑聲驟然間又停頓，緩緩道：「但這裡的交易從無賒欠，閣下身上可帶得有一百萬兩銀子麼？」

楚留香道：「沒有。」

蝙蝠公子厲聲道：「既然沒有，憑什麼出價？」

楚留香道：「就憑我。」

蝙蝠公子道：「你？」

楚留香道：「你要的本就是我，不是胡鐵花。」

蝙蝠公子道：「你難道想用自己的一條命，換他的一條命？」

楚留香道：「不錯！」

蝙蝠公子道：「我怎知你是誰？」

楚留香道：「你當然早已知道我是誰。」

蝙蝠公子突又大笑起來，道：「好！這交易我倒也不吃虧。」

楚留香道：「吃虧的交易本就沒有人肯做的。」

蝙蝠公子道：「但你卻吃虧了。」

楚留香道：「哦？」

蝙蝠公子道：「你的人卻比他値錢得多。」

楚留香道：「你若不要我的命，要什麼？」

蝙蝠公子道：「我只要你的兩隻眼睛！」

他冷冷接著道：「刀就在這裡，你只要過來將自己的兩隻眼珠子挖出來，我立刻就釋放胡鐵花。」

楚留香道：「好，一言爲定。」

蝙蝠公子道：「你莫忘了，刀就在我手上，你若想玩什麼花樣，我就先殺了他！」

楚留香道：「我已走過去，你就準備著吧！」

黑暗中突然響起了腳步聲。

楚留香似乎故意將腳步聲走得很重，一步步慢慢地走著……

空氣中彷彿突然發出了一種濃烈的酒香。

但大家的呼吸似又停止了，根本沒有人感覺到。

腳步聲愈來愈慢，愈來愈重。

楚留香難道已累得連路都走不動了，真的甘心去送死嗎？

蝙蝠公子突然厲聲喝道：「你好大的膽子，真敢玩花樣！——來人呀！」

喝聲中，突聽「蓬」的一聲。

火星一閃，再一閃！

突然閃出了一片耀眼的火光！

火！

火在燃燒！

第三層石壁的邊緣，突然燃燒起一片火光。

整個洞窟都已被照亮！

誰也不知道火是從哪裡來的，每個人都似已被嚇呆了。

只見無數條黑衣人影蝙蝠般自四面八方撲了過來，但一接近這片火光，就又驚呼著紛紛向後倒退。

有的衣服已被燃著，慘呼著滾倒在地上。

他們竟似完全看不到這片火光，就像是一群驟然撲上了烈火的蝙蝠，那種驚惶和恐懼簡直無法形容。

蝙蝠公子呢？

一張巨大的虎皮交椅，就放在第三層石台的中央。

方才他說話的聲音，就是從這裡發出的。

但現在，椅子上卻沒有人！

只有丁楓石像般怔在那裡，呆呆的瞧著楚留香。

每個人都在瞧著楚留香！

這些人的衣著都很華麗，氣派也都很大，但現在卻像是一群呆子，只有坐在遠處的一個人神情還很鎮定，態度還很安詳。

這人就是原隨雲。

胡鐵花和高亞男他們本就倒在那虎皮交椅前，現在穴道都已被解開了，胡鐵花的眼睛一直在狠狠的盯著丁楓。

楚留香的目光卻在移動著，慢慢地從每個人臉上移過，忽然笑了笑，道：「各位果然都是名人，這裡的名人倒真不少。」

高亞男恨恨道：「但那蝙蝠公子卻已不知逃到哪裡去了。」

楚留香又笑了笑，道：「也許他並沒有逃，只不過你看不到他而已。」

高亞男怔了怔道：「若在這裡，我怎會看不到？」

楚留香道：「因爲你根本不知道誰是蝙蝠公子……」

他目光又在每個人臉上掃了一遍，緩緩接著道：「這裡每個人都可能是蝙蝠公子。」

突見一個人站了起來，大聲道：「不是我，我絕不是蝙蝠公子。」

這人又黑又壯，滿臉麻子。

楚留香瞧了他一眼，只瞧了一眼，淡淡道：「閣下當然不是，閣下只不過是臨城血案的兇手而已。」

痲子的臉立刻脹紅了，道：「你是什麼東西？竟敢血口噴人？」

楚留香道：「閣下若不是那血案的兇手，方才蝙蝠公子保證爲顧客守秘密時，閣下爲何要大大的鬆口氣？」

他悠然接著道：「閣下自然沒有想到，那時我恰巧就站在閣下附近。」

痲子目中突然露出了驚懼之意，四下瞧了一眼，突然凌空躍起。

但他身子剛躍起，突又慘呼著跌了下來，再也爬不起來。

原隨雲揮出去的袍袖已收回。

楚留香笑道：「原公子出手果然非人所能及，多謝了。」

原隨雲也微笑著：「楚香帥過獎了！」

大家本來確都已有些猜出這人就是楚留香，但直到現在才能確定，眼睛不禁都瞪得更大。

楚留香指著伏在地上的痲子，道：「這人是誰，各位也許還不知道。」

一個面色蒼白，身穿錦袍的中年人道：「我認得他，他就是『遍地灑金錢』錢老三。」

楚留香道：「不錯，蝙蝠公子這次將他請來，爲的就是要他自己買下那秘密，再確定他就是兇手，因爲只有兇手自己絕不會讓這秘密被別人買去。」

一人嘆道：「這就難怪他方才要拚命出價了。」

楚留香道：「他買下這秘密後，一定認爲從此可高枕無憂，卻不知以後的麻煩反而更多。」

一人道：「有什麼麻煩？」

楚留香道：「蝙蝠公子既已知道他就是兇手，以後若要他做什麼事，他怎麼敢反抗？」

他嘆了口氣，接著道：「無論誰在這裡買下了一樣貨物，以後就永遠有把柄被蝙蝠公子捏在手中，就永遠要受他挾制，這道理難道想不通麼？」

這句話說出，好幾個人面上都變了顏色。

一個紫面大漢失聲道：「但我們講明了銀貨兩訖，以後就永無麻煩的。」

楚留香道：「如此說來，各位想必認爲蝙蝠公子做這種事，爲的只是錢了？」

紫面大漢道：「他難道不是？」

楚留香笑了笑，道：「像他這樣的人物，若只要錢，那還不容易，又何苦費這麼多事？」

那面色蒼白的中年人道：「若不是爲了錢，他爲的是什麼？」

楚留香長嘆了口氣，道：「野心！他這麼樣做，只爲了要自己的野心實現。」

紫面大漢道：「什麼野心？」

楚留香道：「他先用盡各種手段，收買各種秘密，使江湖中的人心大亂，然後再要挾他的『顧客』，做他的工具。」

他又嘆了口氣，接著道：「這麼做，用不著幾年，他就會變成江湖中最有權力的人，到那時，各位只怕也要變成他的奴隸！」

沒有人說話了。

每個人面上都露出了憤怒之色。

過了很久，那紫面大漢才恨恨道：「只可惜我們連他是誰都不知道，否則，我無論如何也得給他個教訓！」

楚留香道：「我若找到他，不知各位是否願意答應我一件事？」

大家幾乎異口同聲，道：「無論什麼事，香帥只管吩咐。」

楚留香一字字道：「我若找到他，就免不了要和他一戰，到那時，我只望各位能讓我安心與他一戰。」

群豪紛紛道：「香帥只管放心，我們絕不許任何人來插手的，無論是誰，若想來幫他的忙，我們就先要那人的命！」

廿 決戰

現在，楚留香終於已將局勢完全控制了！已反客爲主！

但蝙蝠公子究竟是誰呢？

他的人在哪裡？

這秘密眼見就要被揭穿，大家的心情反而更緊張。

只有一個人的神情還很鎭定，態度還很安詳。

這人當然就是原隨雲。

楚留香目光忽然凝注在他臉上，道：「卻不知原公子是否也要我將蝙蝠公子的名字說出來？」

原隨雲還是在微笑著，道：「香帥請說，在下洗耳恭聽。」

楚留香嘆了口氣，道：「既然如此，在下就恭敬不如從命了。」

胡鐵花忍不住道：「你就快說吧，難道真想急死人不成？」

楚留香道：「這裡終年不見天日，也不見燈火，永遠都在黑暗中，只因爲那位蝙蝠公子根本用不著光亮。」

他一字字接著道：「只因他本就是個見不到光明的瞎子！」

這句話說出，大家的眼睛忽然都一齊瞪在原隨雲臉上。

原隨雲卻還是不動聲色，淡淡笑道：「在下就是個瞎子。」

楚留香道：「閣下也就正是蝙蝠公子！」

原隨雲居然還是面不改色，道：「哦？我是麼？」

楚留香道：「閣下雖震聾了英老先生的耳朵，但卻還是慢了半步，他最後還是說出了一個字，有時一個字已足夠洩露很多秘密。」

英萬里最後一聲狂吼，只有一個字。

「原……」

他吼聲突然停頓，因為那時他已聽不到自己的聲音，在他說來，那簡直比殺了他還可怕。

只不過他耳朵未聾前，已經聽出了自銅管中發出的聲音就是原隨雲——楚留香顯然也早就在懷疑原隨雲。

原隨雲沉默了很久，終於長長嘆了口氣，道：「看來，我畢竟還是低估了你。」

蝙蝠公子竟是原隨雲！

胡鐵花簡直無法相信，任何人都無法相信。

這氣度高華，溫柔有禮的世家子，竟做得出如此殘酷、如此可怕的事。

楚留香凝注著他，緩緩地道：「我並沒有確實的證據能證明你是蝙蝠公子，你本可以狡辯否認的。」

原隨雲淡淡一笑，道：「我不必。」

他笑得雖淡漠，卻帶著種逼人的傲氣。

楚留香忽也長長嘆息了一聲，道：「我畢竟沒有低估了你。」

原隨雲道：「我錯了，你也錯了。」

楚留香道：「我錯了？」

原隨雲緩緩道：「我本來只想要你的一雙眼睛，現在卻勢必要你的命！」

楚留香沉默了很久，緩緩道：「你有機會，但機會並不很大。」

原隨雲道：「至少比你的機會大，是麼？」

楚留香道：「是！」

這「是」字雖是人人都會說的，但在此時此刻說出來，卻不但要有超人的智慧，還得有過人的勇氣。

原隨雲也沉默了很久，忽然道：「有很多人對別人雖很了解，對自己卻一無所知。」

楚留香道：「了解別人本就比了解自己容易。」

原隨雲道：「只有你，你不但能了解別人，也能了解自己，就只這一點，已非人能及。我與你為敵，實在也是逼不得已。」

楚留香嘆道：「我也早說過，世上最可怕的敵人就是你。」

原隨雲道：「你自知沒有把握勝我？」

楚留香道：「是。」

原隨雲道：「既然如此，你爲何還要與我交手？」

楚留香道：「勢在必行，別無選擇！」

原隨雲道：「好！」

他霍然長身而起，微笑著道：「我聞你往往能以寡敵眾，以弱勝強，我倒真想知道你用的是什麼法子？」

楚留香淡淡道：「也沒有什麼別的法子，只不過是『信心』二字而已！」

原隨雲道：「信心？」

楚留香道：「我確信邪必不能勝正，強權必不能勝公理，黑暗必不會久長，人世間必有光明存在！」

原隨雲的臉色終於變了，冷笑道：「信心能不能當飯吃？」

楚留香道：「不能，但人若無信心，和行屍走肉又有何異？」

原隨雲又笑了，道：「好！但願你的信心能將我擊倒。」

他袍袖一展，整個人突然飄飄飛起，就像是一隻蝙蝠在無聲的滑行，姿勢真有說不出的優美。

他這一掠之勢並不快，但忽然間就落在楚留香的面前。

絕沒有人見到過原隨雲的武功，有人甚至不知道他也會武功，直等他這一手輕功露出，大家才都不禁爲之聳然動容。

原隨雲長袖垂地，微笑道：「請。」

楚留香也微笑著，道：「請！」

兩人相對一揖，各各退後了三步，面上的微笑猶未消失。

兩人直到現在，還未疾言厲色說過一句話。

在這種生死決戰的一刹那，若是換了別人，縱不緊張得發抖，也難免要變得臉色鐵青。

他們卻還是如此客氣，如此多禮。

他們的神經就好像是鐵鑄的，絕不會因任何事而緊張。

但在這種溫和的笑容後，隱藏著的卻是什麼呢？

每個人都在瞧著他們的手。

因爲無論誰都可以想到，只要他們一出手，就必定是石破天驚、驚天動地的招式！

每個人都在等著他們出手。

就在這時，突聽一人大喝道：「等一等，這一戰是我的！」

人影一閃，胡鐵花已擋在楚留香面前。

楚留香皺眉道：「我已說過……」

胡鐵花大聲道：「我不管你說過什麼，這一戰你都得讓給我！」

楚留香道：「為什麼？」

胡鐵花瞪著原隨雲，道：「我一見到這人，就拿他當做朋友，你們懷疑他時，我還百般為他辯護，可是……可是他卻出賣了我。」

原隨雲嘆了口氣，道：「江湖中人心詭譎，你本不該隨便交朋友。」

胡鐵花咬著牙道：「我雖然看錯了你，但出賣我的人也都要後悔的。」

原隨雲道：「後悔的人也許是你自己。」

他又嘆了口氣，道：「乘你現在還未後悔時，快退下去吧，我不願和你交手。」

胡鐵花怒道：「為什麼？」

原隨雲淡淡道：「因為你絕不是我的對手，楚香帥也許還有三分機會，你卻連一分機會也沒有。」

胡鐵花大喝道：「放屁……」

他的拳頭和他的聲音幾乎是同時發出去的。

拳風竟將他的喝聲都壓了下去。

誰都知道胡鐵花是個又衝動、又暴躁的人，就算是為了芝麻綠豆般的一點點小事，他往往也會暴跳如雷，大發脾氣。

只有在一種時候，他反而比別人都能沉得住氣。

那就是打架的時候。

他這一輩子也不知和人打過多少次架了，有時固然是武林高手作生死相拚的決鬥，但有時，他也會脫下衣服，打著赤膊，全不用武功和市井中的地痞流氓打個痛快。

打過幾百次架之後，他才學會了兩個字：冷靜！

要打贏，就要冷靜。

無論誰打架都不希望打輸的，胡鐵花當然也不會例外。

所以他就算已氣得臉紅脖子粗，但一到真的要打架的時候，他立刻就會冷靜下來——

從經驗中得到的教訓，總是特別不容易忘記。

奇怪的是，他這一次卻像是已將這教訓完全忘得乾乾淨淨。

他簡直一點也不冷靜。

這一拳擊出雖然很威風、很有力，但無論誰都可以看出，這種招式用來對付地痞流氓固然很有效，若用來對付蝙蝠公子這樣的絕頂高手，簡直就好像要用修指甲的小刀去屠牛一樣不智。

像胡鐵花這種有經驗的人，怎會做出這種愚蠢的事？

原隨雲果然全沒有費半分力，就容容易易將這一招躲了過去。

胡鐵花反身錯步，又是兩拳擊出。

這兩拳力量更大，拳風更響。

虎虎的拳風將火苗拉得又高又長，卻連原隨雲的衣袂都沒有沾著。

張三罵了他幾百遍「呆子」了，此刻終於忍不住罵出口：「呆子，你小子真他媽的是個活生生的大呆瓜。」

原隨雲忽然笑了笑，道：「若有人認爲他呆，那人自己才是呆瓜。」

他身形就像是一片雲般在胡鐵花四面飄動著，直到現在，還沒有向胡鐵花發出過一招。

張三道：「你當然不會說他呆，你本就希望他愈呆愈好。」

原隨雲淡淡道：「你是不是要他用沒有聲音的招式對付我？」

張三還沒有說話，胡鐵花已怒道：「你雖然不是個東西，但姓胡的無論如何也不會用這種手段來對付個瞎子，你只管放心好了。」

原隨雲說話的聲音還是很從容，和平時說話完全沒什麼不同，誰也不會聽出他說話的時候正在和別人作生死的決鬥。

胡鐵花說話卻已有些不對勁了。

原隨雲道：「我本來就放心得很。」

他又笑了笑，接著道：「無聲的招式任誰都會使的，若是用這種法子就能將我擊倒，我還能活到現在麼？」

他還是沒有回手。

胡鐵花第十七拳已擊出，突又硬生生收了回來。

原隨雲身形也立刻停頓。

胡鐵花大聲道：「現在是動手的時候，不是動嘴的時候，你懂不懂？」

原隨雲道：「我懂。」

胡鐵花道：「既然懂，爲什麼不出手？」

原隨雲淡淡道：「這也許只是因爲我太懂了。」

胡鐵花道：「你懂什麼？」

原隨雲說道：「你的意思就是要我出手，先讓楚香帥看清我的武功家數，才好想法子來對付我，不是麼？」

胡鐵花道：「哼！」

原隨雲嘆了口氣，道：「你的確不愧是他的好朋友，只可惜你這番心機全都白費了。」

胡鐵花道：「哦？」

原隨雲道：「我會的武功一共有三十三種，無論用哪種都可將你擊倒。」

胡鐵花冷笑道：「你這三十三種功夫中最厲害的一種想必就是『吹牛』。」

原隨雲非但不生氣，反而笑了，道：「若是加上吹牛，就是三十四種。」

胡鐵花道：「其餘的三十三種，你倒也不妨說來聽聽。」

原隨雲道：「東瀛甲賀客的『大拍手』、血影人的輕功、華山派的『清風十三式』、黃教密宗的『大手印』、失傳已久的『硃砂掌』、蜀中唐門的毒藥暗器……這幾種功夫你們想必都已知道了。」

胡鐵花道：「還有呢？」

原隨雲道：「還有巴山顧道人的『七七四十九手迴風舞柳劍』、少林的『降龍伏虎羅漢』、武當的『流雲飛袖』、辰州言家的『殭屍拳』、中原彭家的『五虎斷門刀』、北派正宗『鴛鴦腿』……」

胡鐵花道：「還有呢？」

原隨雲笑了笑，道：「就憑這十幾種功夫還不夠嗎？」

胡鐵花冷笑道：「既然你自己覺得很夠了，爲什麼不敢出手？」

原隨雲道：「因爲你既然曾經將我當做朋友，我至少總該讓你多活些時候。」

胡鐵花道：「哦？你想讓我活多久？」

原隨雲道：「至少等到他們全都死光了之後。」

胡鐵花道：「他們？」

原隨雲道：「『他們』的意思，就是這個地方所有的人。」

胡鐵花道：「你要將這裡所有的人全殺光？」

原隨雲又笑了，道：「我的秘密已被他們知道，你以爲我還會讓他們活著？」

胡鐵花瞪著他，忽然仰面大笑了起來，道：「各位聽到了沒有，這人不但會吹牛，還很會做夢！」

原隨雲道：「在你們說來，這的確是場噩夢，只可惜這場夢已永遠沒有醒的時候。」

張三忽也笑道：「只可惜你什麼都瞧不見，否則也就說不出這種話了。」

第三層石台上，不知何時也燃起了一圈火。

六、七尺高的火燄，就像是一堵牆，已將蝙蝠公子手下那些黑衣人全都圍住。

這些人就像是野鬼，對火有種說不出的畏懼，一個個都往中間退去，七、八十個人都擠到了一處。

突然間，七、八十個人竟一個接著一個，無聲無息的跌了下去，一跌倒就再也無法爬起。

誰也看不出這是怎麼回事，更無法解釋。

也許只有一種解釋：魔法！

這些人就像突然被某種神秘而可怕的魔法所控制。

他們的靈魂似已離開了軀殼。

七、八十個人竟已全都倒下，已沒有一個人還能站得起來。

張三道：「丁楓，你是有眼睛的，你爲什麼不將看到的事告訴他？」

丁楓的臉上已全無半分血色，嘴唇也在發抖，哪裡還能說出話來？

張三嘆了口氣，道：「眼不見心不煩，有時看不見的確倒反而好些。」

胡鐵花道：「所以世上有些人寧願做睜眼的瞎子，也不願看得太多。」

原隨雲道：「看不見，並不是不知道。」

張三道：「這話是什麼意思？」

原隨雲道：「有的人雖能看得見，卻什麼也不知道，有的人雖然看不見，卻什麼都知道。」

張三道：「你知道什麼？」

原隨雲道：「我至少比你們知道的多。」

張三道：「哦？」

胡鐵花搶著道：「你可知道，你那些手下到哪裡去了？」

原隨雲道：「他們哪裡也不能去。」

胡鐵花道：「那麼，現在爲什麼連他們的聲音都已聽不到？」

原隨雲道：「因爲他們都已被人點住了穴道，都已倒了下去！」

胡鐵花怔住了，瞪著他，似乎想看看這人究竟是不是真的瞎子。

他當然是真的瞎子。

原隨雲道：「你既然能看得見，知不知道是誰點了他們的穴道？」

胡鐵花又怔住了。

他的確不知道。

火圈裡的人全都已倒在地上，就好像真的是被魔法所控制，突然都發了瘋，你點了我的穴道，我點了你的穴道，所以才全都倒下。

但這種事又怎麼可能發生呢？

胡鐵花怔了半晌，忍不住問道：「你知道是誰？」

原隨雲笑了笑，道：「點住他們穴道的人，當然就是那放火的人！」

點火的人又是誰呢？

起火的時候，每個人都看到的。

黑衣人們倒下去的時候，大家也全都看得清清楚楚的。

火，自然不會無緣無故的燃燒起來。

好好地一個人，自然也不會無緣無故的倒下。

誰都知道必定有個人點起火，再將他們擊倒。

可是，誰也沒有看到這個人。

他難道是個看不見的人？

胡鐵花的手又不知不覺摸到了鼻子上，只覺得濕濕的，卻也不知道是手上的汗？還是鼻子上的汗？

原隨雲淡淡道：「有些事，縱然不是瞎子，也看不見的，這就是其中之一。」

胡鐵花道：「難道——難道還有別的事？」

原隨雲道：「我現在還在這裡等著，你們可知道我在等什麼？」

胡鐵花恨恨道：「鬼才知道你在等什麼！」

原隨雲道：「你可知道這火爲什麼突然就燃燒得如此猛烈？」

胡鐵花無法回答。

這火的確是在一刹那間燃燒起來的，簡直就像是奇蹟。

胡鐵花怔了半晌，又忍不住問道：「你知道？」

原隨雲悠然道：「我早就說過，看不見，並不是不知道，只不過……」

他忽又笑了笑，道：「只不過我若說出是什麼東西使火燃燒得如此猛烈的，你也許會覺得很可惜。」

胡鐵花道：「可惜？」

他忽然也明白了，失聲道：「是酒，烈酒！」

原隨雲笑道：「不錯，是酒，而且是上好的陳年大麯。」

胡鐵花嘆了口氣，道：「聽來倒的確有點可惜。」

原隨雲道：「你知道，我從不用劣酒招待客人的，但是真正的好酒卻很難買到很多，而且，酒喝得再快，也沒有燒得快。」

胡鐵花變色道：「你是在等酒燒光？」

原隨雲笑道：「這次你又猜對了。在這裡，除了酒之外，絕沒有第二種可以燃燒的東西；從今以後，我也絕不會再帶可以燒得著的酒來。」

楚留香突然嘆了口氣，道：「也許我本不該聽你說這些話的。」

原隨雲道：「我方才也不該聽你說那些話的，否則又怎會容人在我面前點火？」

他笑了笑，接著道：「我既已上了你一次當，你就上我一次又何妨？」

火勢果然已漸漸小了。

胡鐵花大喝道：「無論如何，你反正已逃不了……大家圍住他……」

喝聲中，已有七、八個人撲了過來。

就在這時，原隨雲長袖已流雲般飛捲而起。

不是流雲，是狂風。

狂風捲起，原隨雲的人似也被捲起。

他的人彷彿突然變成了一隻巨大的蝙蝠，自火燄飛過。

第二層石台上的火燄立刻熄滅。

他身形竟還是在飛旋著，那兩隻衣袖，就像是一雙翼。

翼搧起了風，風搧滅了火。

本已微弱的火勢，突然間全部熄滅！

黑暗！

那種令人絕望的黑暗又來了。

風聲還在盤旋著，已到了最下面一層。

胡鐵花也已到了最下面一層。

他追著風聲，因爲風聲到了哪裡，原隨雲就到了哪裡。

他身後也有一陣陣衣袂帶風聲，顯然還有很多人在跟著他。

能被請到這裡的人，都是高手，輕功都不弱。

只聽「叮」的一聲，風聲突然停止。

所有的人立刻撲了上去。

然後，突然又響起了幾個人的驚呼聲，莫非已有人被原隨雲擊倒？

但無論他武功多麼高，也是絕對無法抵抗這麼多高手的。

只聽胡鐵花厲聲喝道：「你還想往哪裡逃？」

驚呼厲喝聲中，又有人大呼道：「我抓住他了……抓住他了！」

驚呼聲、厲喝聲、喜極大呼聲，幾乎是在同時響起的。

誰也不知道究竟發生了什麼事？

是誰被擊倒？

是誰抓住了原隨雲？

就在這時，火光突又亮起。

一點火光，如星如豆，但在這種絕望的黑暗中，卻無異怒海中的明燈。

二十個人全都擠在一個角落裡，有的人摸著頭，有的人揉著肩，顯然是在撲過來的時候撞上了石壁。

驚呼聲就是這幾人發出來的。

另外幾個人你扣住了我的脈門，我抓住了你的衣襟，面上還帶著狂喜之色，但火光一亮，這狂喜之色立刻就變得說不出的尷尬。

他們都以爲自己抓住了原隨雲，誰知抓住的竟是自己的朋友。

原隨雲根本不在這裡。

石壁上，釘著一隻鐵鑄的蝙蝠！

他們追的竟是這隻鐵蝙蝠！

鐵蝙蝠所帶起的風聲，將所有的人全都引到這裡。

原隨雲呢？

每個人全都怔住。怔了半晌，才轉過身，去瞧那點火光。

火光就在楚留香手裡。

他另一隻手，扣住了丁楓的脈門，還站在那裡，動也沒有動。

胡鐵花第一個衝了過去，大聲道：「原隨雲呢？你爲什麼不去追他？」

楚留香嘆了口氣，道：「你們若都留在這裡，也許我還能追得到他，可是……」

他的話並沒有說完，但他的意思大家卻已明白。

到處都是衣袂帶風聲，每個人的衣袂帶風聲都是相同的。

黑暗中，每個人都可能是原隨雲。

黑暗中就像是有幾十個原隨雲，卻叫楚留香去追哪一個？

胡鐵花怔了半晌，道：「你……你方才爲何不點這火摺子？」

這火摺子正是勾子長藏在襪筒裡的那隻。

勾子長交給胡鐵花，胡鐵花交給了楚留香。

楚留香卻道：「火摺方才並不在我手上。」

胡鐵花道：「我明明交給你的，怎會不在你的手上？」

楚留香道：「這裡唯一可以點火的，就是這火摺子，點火的人並不是我！」

胡鐵花怔了怔，道：「難道這火摺子方才就在那點火的人手上？」

楚留香道：「不錯。」

胡鐵花更奇怪了，說道：「那麼這火摺子怎會又到了你手上的？點火的人現在哪裡？你莫非知道他是誰？」

他連珠炮似的問出了三個問題，楚留香還來不及回答——

突然又是一陣輕呼。

胡鐵花回過頭，就發現那堆倒下去的黑衣人中，正有一個人慢慢地站起，慢慢地往這邊走了過來。

她的腳步很輕、很慢。

雖然她身上穿的也是同樣的黑衣服，面上也蒙著黑巾，連眼睛都被蒙住，但無論誰都可看出她是個女人。

她那苗條而又豐滿的身材，絕不是任何衣服所能掩得住的。

胡鐵花失聲道：「原來是你！」

他這才恍然大悟，原來點火的人就是金靈芝。

點住這些人穴道的也是她。

但金靈芝又怎會突然出現在這裡的呢？

她以前一直藏在哪裡？

楚留香怎會找著她的？

她慢慢地向前走，走上第三層石台，還是沒有掀起蒙面的黑巾。

她走路的姿態很奇特，就彷彿是個終年都只能在黑暗中行走的幽靈。

她慢慢地走到楚留香身旁，在他耳畔輕輕說了兩句話。

楚留香柔聲道：「我明白。」

兩人雖然並沒有什麼動作，卻顯得說不出的親密。

金靈芝怎會突然和楚留香變得如此親密了？

胡鐵花瞪大了眼睛，瞧著他們，也不知是驚奇，還是在生氣？

也沒有別人說話。

這些武林豪客平時雖然都是發號施令的人物，但現在，每個人都已唯楚留香馬首是瞻。

因爲他們自己根本已沒有主意。

楚留香道：「此地不可再停留，我們先退出去再說吧。」

張三道：「原隨雲呢？不管他了嗎？」

楚留香道：「這裡是死地，他也和我們同樣無路可走。」

張三嘆了口氣，道：「但願我們還能找得到他。」

楚留香道：「小胡，你找兩位朋友幫忙，將英老先生和勾子長抬出去。」

胡鐵花眼睛還盯在「她」身上，只「哼」了一聲。

楚留香隨手在丁楓肩井穴上輕輕一拂，道：「還有這位丁公子！」

胡鐵花道：「哼。」

楚留香溫柔地摸了摸「她」頭髮，道：「你也跟他們出去吧。」

「她」遲疑著，輕輕道：「你呢？」

楚留香道：「我們暫時還走不了，我得去找糧食和水。」

他當然也是去找原隨雲的。

因爲有糧食和水的地方，原隨雲也必定在那裡。

「她」又遲疑了很久，才慢慢地點了點頭，柔聲道：「你要小心。」

楚留香道：「我會小心的。」

兩人說的話雖不多，但每個字都充滿了柔情蜜意。

胡鐵花的臉已有些發紅了。

楚留香道：「張三，我將她交給你了，你要好好照顧她。」

張三道：「當然。」

胡鐵花突然冷笑道：「你爲什麼不將她交給我？我難道就不能照顧她？」

張三笑了，道：「你連自己都未必能照顧得了，還想照顧別人？」

胡鐵花瞪了他一眼，猝然回頭，大步走了出去。

楚留香道：「你小心找找看，只要是活的人，都想法子帶出去！」

張三說道：「我明白，可是你……你可千萬要小心些。除了原隨雲，這裡也許還有別的人、別的埋伏……」

胡鐵花已走下第二層石台，突然大聲道：「不但有人，還有鬼，各式各樣的鬼，大頭鬼、小頭鬼、吊死鬼、色鬼……」

楚留香嘆了口氣，苦笑道：「看來這裡真有鬼也說不定。」

廿一 文無第二，武無第一

日已西斜。

但陽光還是很燦爛，海浪拍打著礁石，激起一連串銀白色的泡沫。

五七隻海鷗在蔚藍色的天空下，蔚藍色的海洋上低迴。

剛從黑暗中走出來的人，驟然見到陽光，都不禁閉起眼睛，讓眼簾先接受陽光溫暖的輕撫，然後才能接受這令人心跳的光明！

每個人都忍不住要長長吸口氣。

空氣彷彿是甜的。

每個人心情都突然開朗了起來。

現在，他們雖然還處於絕地，可是只要有光明，就有希望。

每個人臉上都有了神采！

只有「她」是例外。

「她」躲在岩石後的陰影中，身子蜷曲著，面上的黑巾還是不肯掀起。

她竟似對陽光很畏懼。難道她已無法接受光明？

胡鐵花盯著她，突然冷笑道：「一個人若沒有做虧心事，又何必躲著不敢見人？」

張三道：「你在說誰？」

胡鐵花冷冷道：「我說的是誰，你當然明白！」

張三又笑了，道：「原來你是在吃醋，只不過吃的是乾醋、飛醋。」

胡鐵花道：「你放的是屁，乾屁、飛屁。」

張三大笑道：「原來屁也會飛的，這倒少見得很，你放個給我瞧瞧如何？」

胡鐵花道：「你瞧不見的，它就在你嘴裡。」

聽到他們說話的人，都忍不住想笑，只有她，卻在輕輕抽泣。

胡鐵花冷笑道：「要哭就大聲哭，要笑就大聲笑，這樣活著才有意思。」

張三道：「你說話最好客氣些。」

胡鐵花道：「我說我的，關你屁事！」

張三嘆了口氣，喃喃道：「原來你也是隻瞎了眼的蝙蝠。」

胡鐵花怒道：「你說什麼？」

張三道：「你本該早就能看出這位姑娘是誰的，就算看不出，也該想得到。」

他又嘆了口氣，道：「現在我才知道世上最可怕的情感不是恨，而是愛。因爲有了愛才有嫉妒，它不但能令人變成呆子、瘋子，還能令人變成瞎子。」

胡鐵花真的呆住了，眼睛還在「盯」著她。

「東三娘！」

胡鐵花的臉一直紅到耳根，吃吃道：「我又錯了……我真他媽的是個大混蛋。」

他常常會做錯事，但每次他都能認錯。

這就是他最大的長處。

所以大多數人都覺得他很可愛。

張三苦笑道：「任何人做錯事都一定要挨罵；奇怪的是，只有你這個小子做了錯事，別人連罵都不捨得罵你！」

胡鐵花根本沒聽見他是在說什麼，喃喃道：「點火的若不是她，是誰呢？」

張三道：「這件事我也真不明白……莫非竟是華真真？」

高亞男一直沒有說話，只是冷冷地瞅著胡鐵花。

胡鐵花似已忘記了她。

這片刻之間，發生的事實在太多了，誰也不會注意到別人。

何況，「嫉妒」確實可以令人的眼睛變瞎，頭腦發昏。

此刻高亞男突然道：「絕不是華真真。」

張三道：「可是……」

高亞男不讓他說話，又道：「她就是兇手，怎麼可能反來幫我們？」

張三這才有機會將那句話說完，道：「可是華真真的人呢？」

高亞男恨恨道：「她一定還躲在什麼地方，等著害人。」

張三默然半晌，道：「莫非是金姑娘？」

胡鐵花道：「也不是，她沒有那麼高的武功。」

張三道：「但她的人也不見了。」

胡鐵花突然跳了起來，道：「我進去瞧瞧。」

張三道：「你去找她？」

胡鐵花大聲叫道：「你以為我只記得女人？老臭蟲一個人在裡面，不但要對付原隨雲，還要對付華真真，我怎麼還能在這裡耽得下去！」

胡鐵花已又衝了進去。

就算他明知那是地獄，他也會衝進去。

高亞男嘆了口氣，幽幽道：「他對別人都不太怎麼樣，為什麼對楚留香就特別不同呢？」

張三道：「因為楚留香若知道他在裡面有危險，也會不顧一切衝進去的。」

他也嘆了口氣，道：「這兩人實在是好朋友，我實在從來也沒有見過像他們這樣的朋友。」

高亞男道：「有時我也不明白，他們的脾氣明明一點也不相同，為什麼偏偏會變成這麼好的朋友，難道這也叫不是冤家不聚頭？」

張三笑了，道：「平時他們看來的確就像是冤家，隨時隨地都要你臭我兩句，我臭你兩句；但只要一遇著事，就可看出他們的交情了！」

高亞男嫣然道：「我看你也和他們差不多。」

張三的笑容突然變成苦笑，道：「但我現在還是舒舒服服的坐在這裡曬太陽。」

高亞男說道：「那只因爲楚留香已將這裡很多事託給你，受人之託，就要忠人之事，這才是真正的好朋友。」

張三凝注著她，嘆道：「看來你也不愧是他們的好朋友。」

高亞男目中似乎流露出一種幽怨之色，緩緩道：「不但是好朋友，也是老朋友。」

高亞男的確是胡鐵花和楚留香的老朋友。

情人雖是新的好，但朋友總是老的好。

張三沉默了很久，又道：「點火的人若不是華真真，也不是金靈芝，那麼是誰呢？」

高亞男道：「我也想不出。」

張三的額上又在冒汗，道：「我從頭到尾就根本沒有看到有那麼樣一個人，但我也知道一定有那麼樣一個人存在的……」

他擦了擦汗，喃喃道：「難道那個人是誰都看不見的麼？」

人，是有骨有血有肉的，只要是人，別人就能看見他。

世上絕沒有隱形人。

看不見的只有幽靈、鬼魂！

高亞男目光凝注著海洋，緩緩道：「若是真有個看不見的鬼魂在裡面，他們……他們……」

她沒有說完這一句話，因為連她自己都不敢再說下去。

群豪本都遠遠站在一邊，此刻突然有幾個人走了過來。

其中一人道：「我們也去瞧瞧！」

另一人道：「楚香帥為我們做了很多事，我們絕不能置身事外。」

高亞男卻搖了搖頭，道：「我想……各位還是留在這裡的好。」

一人道：「為什麼？」

高亞男沉吟著，忽然問道：「各位身上可帶得有引火之物麼？」

那人道：「沒有，只要是可以點得火的東西，在我們上岸前就全都被搜走了。」

一個瘦骨嶙峋的白髮老者嘆息著接道：「連老朽點水煙用的紙媒子他們都不肯放過，更何況別的？」

這老人一雙手又黃又瘦，有如枯木，牙齒已被燻黑，煙癮本極大，這兩天癮頭本已被吊足；不提起這「煙」字還好，一提起來，喉結上下滾動，嘴裡又乾又苦，簡直比沒飯吃還難受。

高亞男突然也嘆了口氣，道：「王老爺子德高望重，好好地不在家裡納福，卻偏偏要到這裡來受氣受罪，這又是何苦？」

白髮老人臉色變了變，乾咳了兩聲，道：「姑娘怎會認得老朽？」

高亞男淡淡地道：「鷹爪門享名武林垂七十年，江湖中人就算不認得王老爺子，只看王老爺子的這雙手，也該猜得出來的。」

這老人正是淮西「鷹爪門」的第一高手「九現雲龍」王天壽。二十年前已將掌門之位傳給了他的姪子王維傑，近年來已很少在江湖走動，見過他真面目的人本就不多，不想竟也在這裡露面了。

大家都忍不住轉過頭去瞧他幾眼。

王天壽怔了半晌，才乾笑了兩聲，道：「姑娘年紀輕輕，眼力卻當真不錯，當真不錯。」

張三看到這情況，才知道這些人雖然都是武林名人，彼此間卻各不相識，他們平時各據一方，見面的機會本不多。

但原隨雲安排請客名單的時候，顯然也花了番功夫，絕不將彼此相識的人同時請到這裡來，免得口音被人聽出。

王天壽也未想到自己的身分會被個年紀輕輕地小姑娘揭破，心裡暗暗埋怨自己多嘴，正想找個機會走得遠些。

突見一個紫面虬髯的大漢自人叢中筆直走過來，一雙稜稜有光的眼睛直瞪著他，沉聲道：「原來那位『朱先生』就是王天壽王老爺子，這就難怪蝙蝠公子對『朱先生』也分外客氣了。」

王天壽皺眉道：「閣下是誰，倒眼疏得很。」

紫面大漢也不答話，又道：「王老爺子不在家納福，間關萬里，趕到這裡，爲的莫非就是蜀中唐門的那幾瓶毒藥麼？」

王天壽臉色又變了變，厲聲道：「閣下究竟是什麼人？」

紫面大漢冷笑道：「王老爺子也用不著問在下是誰，只不過在下卻想請教……」

高亞男突然笑道：「王老爺子畢竟是久已不在江湖走動了，連關東道上的第一條好漢『紫面煞神』魏三爺的異像都認不出來。」

王天壽仰面打了個哈哈，道：「原來是魏行龍魏三爺，當真是久仰得很，久仰得很……」他笑聲突然停頓，一雙昏花的老眼立刻變得精光四射，也瞪著魏行龍，冷冷道：「久聞魏三爺多年豐收，如今已是兩家大馬場的東主，姬妾之美，江湖中人人稱羨，卻爲何不在溫柔鄉裡納福，也要到這裡來受氣受苦呢？」

魏行龍臉色也變了，道：「這是在下的私事，和別人……」

王天壽打斷了他的話，道：「私事？魏三爺到這裡來，爲的只怕是顧道人的『七七四十九手迴風舞柳劍』的劍訣心法吧？」

這句話說出，群豪都不禁「哦」了一聲，眼睛一齊都盯到魏行龍左眼留下的一條刀疤上。

這條刀疤自眼角一直劃到耳根，雖長而不太深，魏行龍天生異像，面如紫血，若不指明，別人本難發現這條刀疤。

但這條刀疤的來歷，卻是人人都知道的。

昔年巴山顧道人創「七七四十九手迴風舞柳劍」，仗劍走天下，劍法之高，並世無雙。

他生平只收了一個徒弟，卻是俗家弟子，姓柳，名吟松。劍法雖不如顧道人之空靈清絕，但人品之清高，卻也久受江湖之推崇。

柳吟松生平從未與人結怨，只有一次到關外採藥時，路見不平，傷了個不但劫財，還要劫色的獨行盜匪。

這獨行盜就是魏行龍。

他臉上的這條疤，就是柳吟松留下來的。

據說他曾在柳吟松面前發下重誓，表示自己以後一定洗心革面，重新做人，所以柳吟松才劍下留情，饒了他的性命。

所以這獨行盜才搖身一變，做了馬場的東主。

他若真的已改過自新，到這裡來幹什麼？

王天壽這句話一說出來，大家心裡立刻雪亮。

「原來魏行龍改過自新全是假的。」

「原來他還是想找柳吟松復仇，卻又畏懼柳吟松的劍法，此番到這裡來，爲的就是想得到『迴風舞柳劍』的奧秘。」

武林豪傑講究的本是快意恩仇，但這種說了話不算話的卑鄙小人，卻是人人都瞧不起的。

大家眼睛瞪著魏行龍，目中卻露出了不屑之色。

魏行龍一張臉脹得更紫，咬牙道：「就算我是爲巴山劍法而來的又怎樣？你呢？」

王天壽冷笑道：「我怎樣？」

他臉色似已有些發白。

魏行龍道：「偷學別人的武功，再去找人復仇，這雖然算不得本事，但至少也總比那些一心只想在暗中下毒害人，還要嫁禍給唐家的人強得多了。」

王天壽大怒道：「你是在說誰？」

魏行龍也不理他，卻向群豪掃了一眼，道：「各位可知當今天下第一位大英雄、大豪傑是誰麼？」

「文無第二，武無第一。」

這「天下第一位大英雄」八個字，原是人人心裡都想加在自己名字上的，但若真的加到自己身上，卻是後禍無窮。

只因無論是誰有了這八個字的稱號，都一定會有人不服，想盡千方百計，也得將這八個字搶過來才能甘心。

數百年來，江湖中名俠輩出，不知有多少位大英雄、大豪傑，做出過多少件轟轟烈烈、膾炙人口的大事。

但真能令人人都心服口服，將這「天下第一」幾個字加到他身上的人，卻至今連一個都沒有。

魏行龍這句話問出來，大家俱都面面相覷，猜不出他說的是誰。

其中也有幾人瞟了高亞男和張三一眼，道：「莫非是楚香帥？」

魏行龍道：「楚香帥急人之難，劫富濟貧，受過他好處的人也不知有多少；武功機智，更沒有話說，當然是位大英雄、大豪傑；只不過……」

他長長吸了口氣，接著道：「這『天下第一』四個字，楚香帥也未必能當得起。」

那幾人立刻大聲道：「若連楚香帥也當不起，誰當得起？」

又有幾個人道：「楚香帥橫掃大沙漠，力敗石觀音，獨探『神水宮』，與『水母』陰姬自陸上鬥入水中，又自水中鬥至陸上，這是何等英雄，何等豪氣！除了楚香帥外，還有誰做得出這種驚天動地的大事？」

又有幾人道：「不說別的，只說這次在蝙蝠島上，楚香帥的所作所爲，有誰不佩服？世上還有誰能比得上他？」

魏行龍嘆了口氣，道：「楚香帥在下自然也佩服得很，只不過我說的……」

王天壽突然厲聲道：「這種卑鄙小人所說的話，各位當他放屁也就罷了，又何必去聽他的。」

喝聲中，他腳步已向魏行龍移了過來，一雙枯瘦如木的手掌上，青筋暴露，五指已如鷹爪般勾起。他身材本極矮小，但此刻卻似突然暴長了一尺，全身骨節格格發響，驟如連珠密雨。

群豪雖已久聞「九現雲龍」王天壽的武功內力之高，已不在昔年的「鷹爪王」之下，但究竟高到什麼程度，卻是誰也沒有見過。如今見到他這種聲勢，心裡才全都暗暗吃了一驚，都知道他此番這一出手，魏行龍此後只怕就再也沒有說話的機會了。

他說的那「天下第一位大英雄」究竟是誰呢？王天壽爲什麼不讓他說出來？

大家雖已全都猜出這其中有些蹊蹺，但誰也不願去惹這種麻煩，誰也沒有把握能接得了王天壽的鷹爪功。

突然間，兩個人一左一右，有意無意間擋住了他的路。

左面一人道：「就算他放的是屁，聽聽又何妨？」

右面一人道：「不錯，響屁不臭，臭屁不響，能聽得到的屁，總不會太臭的。」

這兩人長得居然完全一模一樣，都是圓圓的臉，矮矮胖胖的身材，說起話來都是笑嘻嘻的，笑得一人一個酒渦。

只不過右面一人的酒渦在左，左面一人的酒渦卻在右。

兩人只要手裡多拿一副算盤，就活脫脫是站在櫃台後算帳的酒店掌櫃，當舖朝奉。

無論你左看右看，上看下看，都絕不會看出這兩人有什麼了不得的功夫。

但王天壽瞧了這兩人一眼，一雙已滿佈真力的手掌，竟慢慢地垂了下去，又乾咳了兩聲，道：「既然賢昆仲想聽，就讓他放吧。」

兩人同時哈哈一笑，道：「不錯，有話快說，有屁快放。」

魏行龍怒目瞪了他們一眼，竟也只瞪了一眼，目中的怒氣立刻消失，立刻轉過頭，像是生怕自己若再多瞧他們一眼，眼睛就會瞎掉。

群豪心裡正在奇怪，不知道王天壽和魏行龍爲何會對這兄弟兩人如此畏懼，難道他們那一雙白白胖胖的手還能鬥得過鷹爪功？

高亞男笑道：「賢昆仲果然是貨真價實、童叟無欺，佩服佩服。」

「貨真價實、童叟無欺」，這八個字本是句很平常的話，無論大綢緞莊、小雜貨舖，門口都會貼上這麼樣一張紙條作招徠，也不管別人是否相信——真相信的人也許連一個都沒有。

但此刻群豪聽了這句話，卻大吃了一驚。

原來這八個字正是他們兄弟兩人的外號。

左面一人是哥哥，人稱「貨真價實」錢不賺，右面的是弟弟，人稱「童叟無欺」錢不要。

江湖中提起這兄弟兩人來，縱然不嚇得面色如土，也要變得頭大如斗，只因這兄弟兩人做的雖是生意買賣，但買賣的卻是人頭。

惡人的頭。

魏行龍道：「在下說的這位大英雄，賢昆仲想必也知道的。」

他嘴裡雖在和他們說話，眼睛卻瞧著自己的手。

錢老大笑嘻嘻道：「我兄弟認得的人也未必全是英雄。」

錢老二笑嘻嘻道：「我兄弟認得的狗熊比英雄多得多。」

魏行龍只作聽不見，道：「王天壽二十年前將掌門之位讓出來，爲的就是這位大英雄發現了他們的一件醜事，才逼著他這麼樣做。」

錢老大道：「這故事聽來倒有點意思了，能逼王老爺子退位的人倒還不多！」

魏行龍道：「這位大英雄也已有很久未出江湖，如今在下才聽說他老人家靜極思動，又想到紅塵中來一現俠蹤。」

錢老二道：「王老爺子莫非也想找他復仇？」

魏行龍道：「若論武功，十個王天壽也比不上這位大英雄一根手指，但他卻知道這位大英雄今年過年後一定會去找他，所以就先邀了唐家的唐大先生和另外幾位高人到淮西鷹王堡去吃春酒！」

他恨恨接著道：「他在這裡買下唐門的毒藥，就爲了要在酒中下毒，害死那位大英雄，然後再嫁禍給唐大先生。」

王天壽突然仰面狂笑，道：「這小子放的屁不但響，而且其臭無比。各位難道還想聽下去麼？……各位難道不想想，王某就算真有此意，他姓魏的又怎會知道？」

魏行龍道：「只因我已見過了那位大英雄，已知道他要去找你，知道你邀了唐大先生作陪客，也知道你買了唐家的毒藥。」

他冷笑著接道：「這三件事湊起來，我若再猜不透你的狼心狗肺，就枉在江湖中混這幾十年了。」

錢老大道：「只可惜你說話像個老太婆，囉囉嗦嗦說了一大堆，卻還未說出那位大英雄到底是誰？」

魏行龍一字字道：「在下說的這位大英雄，就是『鐵血大旗門』的掌門人，天下第一、俠義無雙的鐵大俠鐵中棠！」

鐵中棠！

這名字說出來，突然沒有人喘息了！

數百年來，若只有一人能令天下豪傑心悅誠服，稱他為「天下第一」的，這人就是鐵中棠！

每個人都長長吸了口氣。

過了很久，錢老大才將這口氣吐出來，道：「閣下認得鐵大俠？」

只為了「鐵中棠」這名字，他對魏行龍的稱呼也客氣起來。

魏行龍卻似突然呆了，喃喃道：「認得……認得……認得……」

他將這「認得」兩字反反覆覆說了十幾遍，眼睛裡就流下淚來。一粒粒黃豆般大小的眼淚流過他紫色的臉，在夕陽下看來就像是一粒粒紫色的水晶。

這麼樣一條威風凜凜的大漢，居然也會像小姑娘般流淚，群豪雖覺可笑，心裡卻也已隱隱猜出他必定和「鐵大俠」有極不尋常的關係。

過了很久，魏行龍突然大聲道：「我魏行龍是什麼東西，怎配『認得』鐵大俠？可是……可是，若沒有鐵大俠，還有我魏行龍麼？我魏行龍這條命就是鐵大俠救的……」

他咬著牙，接道：「各位想必都認爲是柳吟松劍下留情，魏某才能活到現在，但若沒有鐵大俠，姓柳的又怎會，又怎會……」

說到這裡，他已聲嘶力竭，突然衝過去，一拳擊向王天壽的鼻樑。

鐵氏兄弟互相打了個眼色，各各後退了幾步。

錢不賺笑嘻嘻道：「現在我才總算明白了，柳吟松劍下留情，想必是鐵大俠出手攔阻的，並不是柳吟松自己的主意。」

錢不要道：「所以魏行龍才會一直對柳吟松懷恨在心，想著要報復。」

錢不賺道：「鐵大俠一向面冷心熱，無論遇著多壞的人，總要給那人一個改過的機會，這點倒和楚香帥的作風差不多。」

錢不要道：「若非鐵大俠的菩薩心腸，王老爺子和魏三爺又怎能活到現在？」

錢不賺道：「只可惜有些人雖能感恩圖報，有些人卻連豬狗都不如。」

錢不要道：「我本以為豬狗不如的是魏三爺，誰知卻是王天壽。」

錢不賺道：「魏老三，你只管放心出手，他那雙爪子若是沾著你一根寒毛，我兄弟就將腦袋賠你！」

這時王天壽早已和魏行龍交手數十招，淮西「鷹爪門」的武功果然不同凡響，魏行龍已被迫得幾乎連還手之力都沒有。

聽了這句話，他精神突然一振，「呼呼」兩拳，搶攻而出，用的竟是不要命的招式，自己完全不留後路。

有錢老大的一句話，他還怕什麼？

王天壽果然被迫退了兩步。

魏行龍腳踏中宮，又是兩拳擊出，拳勢雖猛，自己卻空門大露。

王天壽左手如鷹翼，向他手腕一拂，右手五指如爪，直抓他心脈，這正是鷹爪王的秘傳心法「出手雙殺」！

魏行龍只攻不守，招式已用老，這條命眼看就要送終。

突然錢不賺笑道：「王老爺子難道真想要我兄弟賠腦袋麼？」

這句話還未說完，王天壽胸口已著了魏行龍一拳，被打得踉蹌後退了七步，一口鮮血噴出。

本來明明是魏行龍要遭殃的，誰知王天壽反倒挨了揍。

有些人簡直不懂這是怎麼回事，但站在前面的卻已看出，錢老大說話時，錢老二的手指竟然向外一彈。

「哧」的一道風聲響過，王天壽的手就突然向後一縮，魏行龍的拳頭才能乘機擊上他胸膛。

魏行龍眼睛已紅了，怒喝著，又撲了上去。

誰知王天壽突然凌空一個翻身，自他頭頂掠過，大喝道：「錢老大，你快叫他住手，你難道以爲我不知道你來幹什麼的？」

他一面呼喝，鮮血還是不停地往外冒。

錢不賺笑嘻嘻道：「我本就是個生意人，到這裡自然是來做買賣的。只可惜方才什麼都沒買到，現在只好買下你這顆腦袋了。」

他嘴裡笑嘻嘻的說著話，慢慢地走過去，突然攻出三招。

三招之間，已將王天壽的出手全都封死。

這看來又和氣、又斯文的「生意人」，出手之迅急狠辣，竟遠在殺人不眨眼的「紫面煞神」之上。

王天壽本已負傷，此刻哪裡還能招架？嘶聲大呼道：「龍抬頭……」

他三個字剛說出，錢不賺的指尖已搭上他的胸膛，只要「小天星」的掌力向外一吐，他那第四個字就休想說得出來了。但就只這三個字，已使四個人的臉色大變。

就在這時，突然人影閃動，兩人撲向錢不要，兩人撲向錢不賺，這四人本不相識，此刻卻突然一齊出手。

錢不賺聽到身後的掌風，已知道來的人武功不弱，只求自保，哪裡還能顧得了傷人？只見他矮矮胖胖的身子一縮，人已像球般滾了出去，厲喝道：「你們是什麼人？敢來出手相助鐵大俠的對頭？」

這兩人一個馬面身長，一個跛子。馬面人掌力雄渾沉厚，跛子的身法反而較靈便。

錢不賺兩句話說完，跛子已跟過去，不聲不響的擊出三招。

馬面人厲聲道：「老子就是楊標，你明白了麼？」

這個人說話一口川音，兩句話裡必定少不了個「老子」。

錢不賺哈哈大笑，道：「原來如此。」

反手一掌，切向跛子的下腹。

跛子身形一縮，退出三尺，道：「楊大哥，你攻上三路。」

楊標道：「好，你攻下……」

話未說完，跛子突然一個肘拳打在他下腹。

楊標再也未想到這人會忽然反過來向他身上招呼，踉蹌退出幾步，疼得腰都彎了下去，兩隻手抱著肚子，面上冷汗滾滾而落，嘶聲道：「你……你……你龜兒瘋了？」

跛子一招得手，又撲向錢不賺，冷冷道：「在下單鶚。」

楊標狂吼一聲，道：「好，原來是你！」

他狂吼著往前衝，但衝出兩步就跌倒，痛得在地上打滾。

單鶚道：「錢老大，你也明白了麼？」

錢不賺笑道：「我既然明白了，你還想跑得了？」

單鶚道：「反正你我遲早總要幹一場的，長痛不如短痛。」

只聽一人喝道：「對，長痛不如短痛，你就拿命來吧！」

喝聲中，這人已向單鶚後背攻出四招。

單鶚背腹受敵，立刻就落了下風，眼見再也捱不過十招。

突然間，又聽得一人喝道：「單老大，姓錢的交給我……」

這些人本來互不相識，但也不知爲了什麼，突然就混戰了起來，而且一出手就是要命的招式，彷彿都和對方有什麼深仇大恨似的。

張三已瞧得怔住。

高亞男咬著嘴唇，跺腳道：「都怪我不好，我若不說出王老爺子來歷，也許就不會發生這些事了。」

張三忍不住問道：「這究竟是怎麼回事？他們明明互不相識的，怎會忽然打成一團糟？」

高亞男沉吟著道：「我想，這些人彼此之間，必定有種很微妙的關係；彼此雖然互不相識，但一知道對方的來歷，就不肯放過……」

她嘆了口氣接道：「想來這必定也是原隨雲早就安排好了的，想利用這種關係，將他們互相牽制。」

張三道：「會有什麼微妙的關係？」

高亞男道：「誰知道！」

張三道：「方才王天壽說出了三個字，你聽見了沒有？」

高亞男道：「他說的好像是『龍抬頭』三個字！」

張三道：「不錯，我也聽見了，卻猜不出究竟是什麼意思？」

高亞男想了想，道：「二月初二龍抬頭，他說的會不會是個日期？」

張三道：「日期？……就算是日期，也必定還有別的意思。」

高亞男道：「不錯，否則他們又怎會一聽到這三個字就忽然混戰起來？」

張三道：「你想……那是什麼意思？」

高亞男道：「也許……有些人約好了要在那個日子裡做一件很秘密的事，他們多多少少都和那件事有些關係。」

張三道：「也許他們約定了要在那個日子爭奪一樣東西，現在既然提早見了面，不如就先打個明白，免得再等幾個月。」

高亞男道：「對，單鶚剛才說的那些話，顯然就是這意思。」

張三長長嘆息了一聲，道：「現在大家本該同舟共濟，齊心來對付強敵，解決困難，誰知他們卻反而自相殘殺起來，原隨雲若是知道，一定開心得很。」

高亞男也長長嘆息了一聲，喃喃道：「說不定他已經知道了。」

張三冷眼瞧著混戰中的群豪，緩緩道：「不錯，這件事說不定也是他早就安排好了的。」

廿二 又入地獄

胡鐵花第二次走入了山窟，已比第一次走進去時鎮定得多。

因爲他已對這山窟中的情況了解了一些。

他已知道這山窟並不是真的地獄。

黑暗，卻還是同樣的黑暗。

胡鐵花沿著石壁慢慢地往前走，希望能看到楚留香手裡的那點火光。

他沒有看到，也沒有聽見任何聲音。

恐懼又隨著黑暗來了！

他忽然發現自己對這地方還是一無所知。

這裡還躲著多少人？多少鬼魂？

楚留香在哪裡？是不是已又落入了陷阱？

原隨雲呢？華真真呢？

胡鐵花完全都不知道。

人們若是對某件事一無所知，就立刻又會感覺到恐懼。

恐懼往往也是隨著「無知」而來的。

突然，黑暗中彷彿有人輕輕咳嗽了一聲。

胡鐵花立刻飛掠過去，道：「老……」

他語聲立刻停頓，因爲他發覺這人絕不是楚留香。

這人正想往他身旁衝過去。

胡鐵花的鐵掌已攔住了這人的去路，這次他出手已大不相同，出招雖急，風聲卻輕，用的是掌法中「截」、「切」兩字訣。

這人卻宛如幽靈，胡鐵花急攻七掌，卻連這人的衣袂都未沾到。

他簡直已懷疑黑暗中是否有這麼樣一個人存在了。

但方才這裡明明是有個人的，除非他能忽然化爲輕煙消失，否則他就一定還在這裡。

胡鐵花冷笑道：「無論你是人是鬼，你都休想跑得了！」

他雙拳突然急風驟雨般擊了出去，再也不管掌風是否明顯。

他已聽風聲呼呼，四面八方都已在他拳風籠罩之下。

胡鐵花的拳法，實在比他的酒量還要驚人。

黑暗中，突然又響起了這人的咳嗽聲。

胡鐵花大笑道：「我早就知道……」

他笑聲突然停頓，因爲他突然感覺到有樣冰冰冷冷地東西，在他左腕脈門上輕輕一劃，他手上的力量竟立刻消失！

鬼手？

這難道是鬼手？否則怎會這麼冷？這麼快？

胡鐵花大喝一聲，右拳怒擊。

這一拳他已用了九成力，縱不能開山，也能碎石。

只聽黑暗中有人輕輕一笑。

笑聲縹縹緲緲，似有似無，忽然間已到了胡鐵花身後。

胡鐵花轉身踢出一腿。

這笑聲已到了兩丈外，突然就聽不見了。

胡鐵花膽子再大，背脊上也不禁冒出了冷汗。

他遇上的就算不是鬼，是人，這人的身法也實在快如鬼魅。

胡鐵花一生從來也沒有遇到過如此可怕的對手。

又是一聲咳嗽。

聲已到了四丈外。

胡鐵花突然咬了咬牙，用盡全身氣力，箭一般竄了過去。

他也不管這是人是鬼，也不管前面有什麼，就算撞上石壁，撞得頭破血流，他也不管。

胡鐵花的火氣一上來，本就是什麼都不管不顧的。就算遇著閻王，他也敢拚一拚，何況只不過是個見不得人的小鬼？

他這一竄，果然撞上了樣東西。

這東西，彷彿很軟，又彷彿很硬，竟赫然是一個「人」！

這人是誰？

胡鐵花這一撞之力，就算是棵樹，也要被撞倒，但這人卻還是好好地站在那裡，動也不動。

胡鐵花一驚，反手一掌切向這人咽喉。

他應變已不能說不快。

誰知這人卻比他更快，一轉身，又到了胡鐵花的背後。

胡鐵花又驚又怒正想擊出第二招，誰知道這人竟在他背後輕輕道：「小胡，你已把我鼻子都撞歪了，還不夠麼？」

楚留香！

胡鐵花幾乎忍不住要破口大罵起來，恨恨道：「我只當真的見了鬼，原來是你這老臭蟲！我問你，方才你爲什麼不開腔？爲什麼要逃？」

楚留香道：「我看你才真的見鬼了，我好好站在這裡，是你自己撞上來的。」

胡鐵花怔住了，道：「你一直站在這裡？」

楚留香道：「我剛走過來……」

胡鐵花嚥了口口水，道：「剛才和我交手的那個人不是你？」

楚留香道：「我幾時和你交過手？」

胡鐵花道：「那……那麼剛才那個人呢？」

楚留香道：「什麼人？」

胡鐵花道：「剛才有個人就從這裡逃走的，你不知道？」

楚留香道：「你在做夢麼？這裡連個鬼都沒有，哪裡有人？」

胡鐵花倒抽了口涼氣，說不出話來了。

他知道楚留香的反應一向最快，感覺一向最靈敏，若真有人從他身旁掠過去，他絕不會全無覺察。

但方才那個人明明是從這方向走的，楚留香明明是從這方向來的。

他怎會一點也感覺不到？

胡鐵花長長嘆了口氣，喃喃道：「難道這次我真遇見了鬼？……」

他突又出手，扣住了這人的脈門，厲聲道：「你究竟是誰？」

楚留香道：「你連我的聲音都聽不出？」

胡鐵花冷笑道：「連眼睛看到的事都未必是真的，何況耳朵？」

楚留香嘆了口氣，苦笑道：「你現在好像真的學乖了。」

胡鐵花道：「你若真是老臭蟲，火摺子呢？」

楚留香道：「在呀？」

胡鐵花道：「好，點著它，讓我看看。」

楚留香道：「看什麼？」

胡鐵花道：「看你！」

楚留香道：「你總得先放開我的手，我才能……」

這句話還沒有說完，遠處突然有火光一閃。

一條人影隨著火光一閃而沒。

胡鐵花再也不聽這人的話，拳頭已向他迎面打了過去。

這山窟中除了楚留香外，絕不會有第二個人身上還帶著火摺子，現在火摺子的光已在別的地方亮起，這人自然絕不會是楚留香。

這道理就好像一加一是二，再也簡單明白不過，無論誰都可以算得出的。胡鐵花就算以前常常判斷錯誤，但這一次總該是十拿九穩，絕不會再出錯了。

他右手扣住了這人的脈門，這人已根本連動都動不了，他這一拳擊出，當然更是十拿九穩，絕不會落空。

「無論你是人是鬼，這次我都要打出你的原形來讓我瞧瞧！」

胡鐵花這口氣已憋了好幾天，現在好容易抓住機會，手下怎肯留情？幾乎將吃奶的力氣都使了出來。

他這拳無論打在誰的臉上，這人的腦袋只怕都要被打扁。

誰知他這十拿九穩的一拳居然還是打空了。

他只覺右肘一麻，這人的手腕已自他掌握間脫出，只聽「格」的一響，左拳用力過猛，一拳打空，自己的腕子反而脫了臼。

胡鐵花大驚，咬著牙往後倒縱而出，「砰」的，又不知撞在什麼東西上面，連退都無法再退。兩條手臂一邊麻，一邊疼，連抬都無法抬起，現在對方若是給他一拳，那才真的是十拿九穩。胡鐵花除了等著挨揍外，簡直一點法子都沒有。

誰知對方竟完全沒有反應。

胡鐵花身上已開始在冒冷汗，咬著牙道：「你還等什麼，有種就過來，誰怕了你？」

只聽這人在黑暗中嘆了口氣，道：「你當然不怕我，只不過，我倒真有點怕你。」

忽然間，火光又一閃。

這次火光就在胡鐵花的面前亮了起來，一個人手裡拿著火摺子，遠遠地站在五、六尺之外，卻不是楚留香是誰？

胡鐵花瞪大了眼睛，幾乎連眼珠子都掉了出來，吶吶道：「是你？你……你什麼時候來的？」

楚留香苦笑道：「你跟我說了半天話，幾乎將我一個腦袋打成兩個，現在，居然還問我是什麼時候來的？除了你還有誰能做得出這種事？我不怕你怕誰？」

胡鐵花的臉已有點紅了，道：「我又不是要打你，你剛剛不是還在那邊麼？」

他現在已辨出方才火光閃動處，就在山窟的出口附近。

楚留香道：「你打的就是我。」

胡鐵花張大了嘴，吃吃道：「我打的若是你，那人是誰呢？他怎麼也有個火摺子？」

楚留香沒有回答，他用不著回答，胡鐵花也該明白了。

那人若不是楚留香，當然就是原隨雲。

別人不能帶火種，原隨雲當然是例外，他就是這蝙蝠島的主人，就算要將全世界的火摺子都帶到這裡來，也沒有人管得著他。

胡鐵花道：「那邊就是出口，他莫非已逃到外面去了？」

楚留香笑了笑道：「這次，你好像總算說對了。」

胡鐵花跺了跺腳，道：「你既然知道是他，爲什麼不追？」

楚留香道：「我本來是想去追的，只可惜有個人拉住了我的手。」

胡鐵花臉又紅了，紅著臉道：「他是個瞎子，我怎麼想得到他身上會帶著火摺子？」

楚留香道：「誰規定瞎子身上不能帶火摺子的？」

胡鐵花道：「他帶火摺子有什麼用？」

楚留香淡淡道：「他帶火摺子的確沒什麼用，也許只不過為了要你這種人打老朋友而已。」

胡鐵花心裡當然也明白，方才他那拳若是真將楚留香打倒，他自己也就休想能活著出去。但心裡明白是一回事，嘴裡怎麼說又是另外一回事了。有些人的嘴是死也不肯服輸的。

胡鐵花道：「無論如何，我總沒有碰壞你一根汗毛，可是你呢？」

楚留香道：「我怎麼樣？」

胡鐵花冷笑道：「你現在還不去追他，還在這裡臭你的老朋友——我那拳就算真打著你，也不會打死你的，但我卻已經快被你臭死了。」

楚留香悠然道：「現在就算去追，也追不著的，陰天打孩子，閒著也是閒著，有人可以臭臭總比呆站著的好。」

胡鐵花叫了起來，道：「除了臭人外，你已經沒有別的事好做了麼？」

楚留香道：「我還有什麼好做的？」

胡鐵花道：「張三、高亞男、英萬里，這些人全都在外面，現在原隨雲既然已溜出去了，你還有心情在這裡胡說八道。」

楚留香笑道：「除了張三他們，外面還有沒有別的人？」

胡鐵花道：「當然還有。」

楚留香道：「還有多少人？」

胡鐵花道：「至少也有二十來個。」

楚留香笑了笑，道：「既然還有二三十個人在外面，原隨雲一個人敢出去麼？」

胡鐵花怔了怔，道：「若是還沒有出去，到哪裡去了？」

楚留香道：「我怎麼知道？」

胡鐵花著急道：「你不知道誰知道？」

楚留香道：「誰都不知道，這裡是他的窩，老鼠若是已藏入自己的窩，就算再厲害的貓，也一樣找不著的。」

胡鐵花更著急，道：「找不著難道就算了？」

楚留香道：「我聽說回教的經典上有句話說：山若不肯到你面前來，你就走到山前面去。」

胡鐵花道：「這是什麼意思？」

楚留香道：「這意思就是說，我若找不到他，就只有等他來找我。」

胡鐵花道：「就站在這裡等？」

楚留香道：「反正別的地方也不見得比這裡好。」

胡鐵花道：「他若不來呢？」

楚留香嘆了口氣，道：「你難道還有什麼別的好法子？」

胡鐵花不說話了，他也一樣沒有別的法子。

楚留香喃喃道：「一個人的腕子若是脫了臼，不知道疼不疼？」

胡鐵花大聲道：「疼不疼都是我的事。」

楚留香道：「你不想接上去？」

胡鐵花道：「我要接的話我自己會接，用不著你來煩心。」

楚留香道：「既然你自己會接，還等什麼？」

胡鐵花這才動手，右手一托一捏，已將左腕接上，道：「老實說，我已被你氣得發暈，根本已忘了這回事了。」

話未說完，他自己也忍不住笑了，但忽又皺眉道：「金靈芝呢？你還沒有找到她？」

楚留香嘆道：「我找了半天，根本連個人影都沒有看到。」

胡鐵花道：「但我卻看到了個人。」

楚留香道：「哦？」

胡鐵花道：「我雖然沒有真的看到他，卻聽到了他的咳嗽聲，還被他的手摸了一下。」

想到那隻又冰又冷的鬼手，他竟忍不住機伶伶打了個寒噤。

楚留香卻只是淡淡道：「你既然沒有真的看到他，又怎知他是人？還是鬼？……莫非，又有個女鬼看上了你？」

胡鐵花突然跳了起來，大聲道：「你若要在這裡等，就一個人等吧！」

楚留香道：「你呢？」

胡鐵花道：「我……我去找。」

楚留香道：「你能找得到？」

胡鐵花道：「我要找的人又不只原隨雲。」

楚留香道：「還有金姑娘、華真真？」

胡鐵花大聲說道：「我知道華真真對你好像不錯，你好像也看上了她，可是你現在總該知道，主謀害死枯梅大師的就是她，殺死白獵的也是她，她幹的壞事簡直比原隨雲還要多，你難道還想護著她？」

楚留香沒有說什麼，他已沒有什麼好說的。

胡鐵花道：「現在我只有一件事還不明白。」

楚留香笑了笑，道：「想不到你居然也有不明白的事。」

胡鐵花道：「我想不通她是怎麼會認得原隨雲的？和原隨雲究竟有什麼關係？」

楚留香道：「她當然認得原隨雲，你也認得原隨雲的。」

胡鐵花道：「但她卻早就認得了，否則為什麼要將清風十三式的心法盜出來給他呢？」

楚留香又笑了，笑得很特別。

每當他這麼笑的時候，就表示他一定又發現了很多別人不知道的秘密。

他這種笑胡鐵花看得多了，正想問問他這次笑的是什麼？

就在這時，黑暗中突然出現了一條人影，這人穿著一身黑衣服，黑巾蒙面，裝束打扮就和蝙蝠島上的蝙蝠差不多，但身法之輕靈奇詭，卻連蝙蝠島主原隨雲也趕不上。

他懷中還抱著個人，胡鐵花眼睛一眨，他就已到了面前。楚留香一點反應也沒有，顯然是認得他。

胡鐵花道：「這人是誰？」

這人沒有說話，只輕輕咳嗽了一聲。

胡鐵花臉色已變了，這人赫然就是他剛剛還見過的那個「鬼」，這個鬼懷中抱著的就是金靈芝。

難道方才燃起火光的也就是他？

難道他就是那個「看不見的人」麼？

胡鐵花嗄聲道：「你認得這人？」

楚留香道：「幸虧認得。」

胡鐵花道：「他究竟是誰？你在這裡怎麼會有別的朋友？」

楚留香道：「他不是別的朋友。」

不是別的朋友是誰呢？胡鐵花愈來愈糊塗了，只聽楚留香道：「金姑娘受了傷？」

這人點了點頭。

楚留香道：「傷得重不重？」

這人搖了搖頭。

楚留香鬆了口氣，道：「別的人呢？」

這人又搖了搖頭。

楚留香道：「好，既然如此，我們先出去瞧瞧。」

這人又點了點頭。

他為什麼不說話，難道是個啞巴？

胡鐵花恨不得能掀開他頭上蒙著的這塊黑布來瞧瞧，只可惜這人的身法實在太快了，腰一擰，已掠出三、四丈。

胡鐵花只有在後面跟著。他忽然發現這人的腰很細，彷彿是個女人。

到了出口處，楚留香就搶在前面，搶先掠了出去。天上若有石頭砸下來，他寧願自己先去捱一下。

天上當然不會有石頭砸下來，外面的陽光簡直溫暖得像假的。

只不過，就算在最溫柔、最美麗的陽光下，也常常會發生一切最醜陋、最可怕的事。

最醜陋的人就是死人，最可怕的也是死人。楚留香一生中從未看這麼多死人。

所有的人全都死了，有的人至死還糾纏在一起，他們雖然是自相殘殺而死的，但冥冥中卻似有一隻可怕的手，在牽引著他們演出這幕慘絕人寰的悲劇。

英萬里的呼吸也已停止，但他的手還是緊緊抓著勾子長的，無論如何，他總算完成了他的任務。

無論他是個怎樣的人，就憑他這種「死也不肯放手」的負責精神，就已值得別人尊敬。

張三就倒在他們身旁，臉伏在地上，動也不動，他身上雖沒有血漬，但呼吸也已停止。

若是別的人是自相殘殺而死的，他們又是被誰殺了的呢？還有東三娘和高亞男。

東三娘還是蜷伏在石級的陰影中，彷彿無論死活都不敢見人。

高亞男伏在她面前，看來本想來保護她的。

陽光還是那麼的新鮮美麗——美麗得令人想嘔吐！

這簡直不像是真會發生在陽光下的事，就像是個夢，噩夢。

楚留香怔在那裡，突然不停地發抖。他想吐，卻吐不出，只因他根本沒有什麼東西可吐的。

他的胃是空的，心是空的，整個人都像是空的。

他以前也並不是沒有見過死人，但這些人全是他的朋友。就在片刻之前，他們還活生生的跟他在一起。

他看不到胡鐵花現在的樣子，也不忍看。

他什麼都不想看，什麼都不想聽。但就在這時，他聽到了一種很奇特的聲音，像是呼喚，又像是呻吟。

這裡莫非還有人沒有死？

楚留香彷彿驟然自噩夢中驚醒，立刻發現這聲音是從那塊石屏後發出來的，是高亞男？還是東三娘？

東三娘忽然蜷伏著的身子抽動了一下，接著，又呻吟了一聲。

她的呻吟聲，又像是呼喚，呼喚著楚留香的名字。

楚留香走了過去。他走得並不快，眼睛裡竟似帶著一種十分奇特的表情。

難道他又看出了什麼別人看不到的事？

胡鐵花也趕過來了，大聲道：「她也許還有救，你怎麼還慢吞吞的？……」

這句話還沒有說完，奄奄一息的「東三娘」和高亞男突然同時躍起，四隻手閃電般揮出，揮出了千百道烏絲。光芒閃動的烏絲，比雨更密，密得就像是暴雨前的烏雲！

胡鐵花做夢也想不到高亞男竟會對他下毒手，簡直嚇呆，連閃避都忘了閃避。

何況，他縱閃避，也未必能避得開。這暗器實在太急、太密、太毒，這變化實在發生得太突然！

胡鐵花只覺一股巨大的力量從旁邊撞了過來，他整個人都被撞得飛了出去，只覺無數道尖銳的風聲，擦過他衣裳飛過。

他的人已倒在地上，總算僥倖避開了這些致命的暗器！是誰救了他？

楚留香呢？這樣的突襲本沒有人可以料得中，也沒有人能避得開，但楚留香卻偏偏好像早已料中。

他還是好好地站在那裡。

高亞男也已站起，面如死灰，呆如木雞。

再看那「東三娘」，卻已又被擊倒，擊倒她的正是那「看不見」的神秘女子。她不但身法快，出手更快，快得不可思議。其實所有的變化全都快得令人無法思議。

胡鐵花呆了很久，才跳起來，衝過高亞男面前，道：「你……你怎會做出這種事來的？你瘋了麼？」

高亞男沒有回答，一個字都沒有說，就撲倒在地，痛哭了起來。

她畢竟也是女人，也和其他大多數女人一樣，自知做錯了事，無話可說的時候，就哭。哭，往往是最好的答覆。

胡鐵花果然沒法子再問了，轉過頭，道：「東三娘又爲了什麼要向你下毒手？」

楚留香長長的嘆息了一聲道：「她不是東三娘！」

東三娘的打扮也和「蝙蝠」一樣，別人根本看不出她的面目。

東三娘雖然已不是東三娘，但高亞男卻的確是高亞男。她爲什麼會做出這種可怕的事？

胡鐵花跺了跺腳，道：「你早已看出她不是東三娘？」

楚留香道：「我……我只是在懷疑。」

胡鐵花道：「你知道她是誰？」

楚留香沉默了很久，又長長嘆息了一聲，道：「她是誰，你永遠都不會想得到的！」

胡鐵花道：「她就是兇手？」

楚留香道：「不錯。」

胡鐵花的眼睛亮了起來，道：「那麼我也知道她是誰了。」

楚留香道：「哦！」

胡鐵花大聲道：「華真真，她一定就是華真真。」

楚留香只笑了笑，跟著他們從洞窟中走出的那黑衣人卻忽然道：「她一定不是華真真。」

胡鐵花道：「她不是誰是？」

黑衣人道：「我。」

她慢慢地將懷中抱著的人放了下來，慢慢地掀起了蒙面的黑巾。

這黑巾就像是一道幕，遮掩了很多令人夢想不到的秘密。

現在幕已掀起——華真真！

胡鐵花跳了起來，就好像突然被人在屁股上踢了一腳。這黑衣人竟是華真真。

楚留香不但早已知道，而且顯然一直跟她在一起，所以他剛剛才會笑得那麼奇特，那麼神秘。

華真真又將她抱著的那人蒙面黑巾掀起，道：「你要找的金姑娘，我已經替你找來了。」

金靈芝的臉色蒼白，像是受了極大的驚嚇，一直還暈迷未醒。

胡鐵花也幾乎要暈過去了。華真真既然在這裡，那麼這假冒東三娘的人又是誰呢？

高亞男爲什麼要爲她掩護？又爲什麼要和她狼狽爲奸？

現在，所有的秘密都已將揭露，只剩下蒙在她臉上的一層幕。

胡鐵花望著她臉上的這層幕，突然覺得嘴裡又乾又苦。他想伸手去掀開這層幕，卻彷彿連手都伸不出去。這秘密實在太大、太曲折、太驚人。

在謎底揭露之前，他心裡反而生出一種說不出的恐懼之意。

只聽楚留香嘆息著緩緩道：「世界上的事有時的確很奇妙，你認爲最不可能發生的事，卻往往偏偏就會發生……」

他盯著胡鐵花，又道：「你認爲誰最不可能是兇手呢？」

胡鐵花幾乎連想都沒有想，就脫口答道：「枯梅大師。」

楚留香點了點頭，道：「不錯，就算她還沒有死，無論誰也不可能想到兇手是她。」

他忽然掀起了這最後一層幕。他終於揭露了這兇手的真面目。

胡鐵花又跳了起來——又好像被人踢了一腳，而且踢得更重，重十倍。

枯梅大師！兇手赫然是枯梅大師，所有的計劃原來都是枯梅大師在暗中主使的。

這蝙蝠島真正的主使人說不定也就是枯梅大師！

廿三　希望永在人間

人的思想很奇特。

有時你腦中很久很久都在想著同一件事，但有時你卻會在一刹那間想起很多事。

在這一刹那間，胡鐵花就想起了很多事。

他首先想起那天在原隨雲船上發生的事。

那天晚上他和金靈芝約會在船舷旁，那天發生的事太多，他幾乎忘了這約會，所以去得遲了些，剛走上樓梯的時候，就聽到一聲驚呼。

他確定那是女人的呼聲，呼聲中充滿了驚慌和恐懼之意。

他以爲金靈芝發生了什麼意外，以最快的速度衝上甲板，卻看到高亞男站在船舷旁。船舷旁的甲板上有一灘水漬。

他又以爲高亞男因嫉生恨，將金靈芝推下了水，誰知金靈芝卻好好地坐在她自己的艙房裡，而且還關上了門，不讓他進去。

他一直猜不出究竟是怎麼回事，只記得從那天晚上之後，船上就出現了個「看不見」的兇手。

現在他才忽然明白了。

枯梅大師並沒有死。

丁楓既然能用藥物詐死，枯梅大師當然也能。

金靈芝在船舷旁等他的時候，也正是枯梅大師要從水中復活的時候。

那時夜已很深，甲板上沒有別的人，金靈芝忽然看到一個明明已死了的人忽然從水中復活，自然難免要駭極大呼。

胡鐵花聽到的那聲驚呼，的確是金靈芝發出來的。

等他衝上甲板的時候，枯梅大師已將金靈芝帶走，她生怕被胡鐵花發現，所以又留下高亞男在那裡，轉移胡鐵花的注意力。

高亞男自然是幫助她師父復活的，胡鐵花看到她，自然就不會再去留意別的，所以枯梅大師才有機會將金靈芝帶下船艙。

金靈芝被枯梅大師所脅，不敢洩露這秘密，所以就不願見到胡鐵花，所以那時的神情才會那麼奇特。

那天高亞男的表情卻很溫柔，不但沒有埋怨胡鐵花錯怪了她，而且還安慰他，陪他去喝兩杯。

高亞男一向最尊敬她的師父，枯梅大師真的死了，她絕不會有這麼好的心情。

現在胡鐵花才明白，原來高亞男早就知道了這秘密，就因爲她一向最尊敬師父，所以枯梅大師無論要她怎麼樣做，她都不會違背，更不會反抗。

這次胡鐵花確信自己的猜測絕不會再錯誤，只不過卻還有幾點想不通的地方：

「金靈芝本來也是個性情很倔強的女孩子，枯梅大師是用什麼法子將她要脅住的？」

「枯梅大師秘密既已被她發現，為什麼不索性殺了她滅口？」

「枯梅大師一生嚴正，為什麼突然竟會做出這種事來？」

「原隨雲和枯梅大師又有什麼關係？」

「枯梅大師為什麼要詐死？」

「丁楓詐死，是因為知道楚留香已將揭破他的秘密，他一直對楚留香有所畏懼，枯梅大師詐死，是不是也因為知道自己的秘密已被人揭破？」

「她怕的究竟是誰？」

尤其是最後一點，胡鐵花更想不通。

他知道枯梅大師怕的絕不是楚留香，因為楚留香那時絕沒有懷疑到她，而且以楚留香的武功，也絕不能令她如此畏懼。

胡鐵花沒有再想下去，也不可能再想下去。

他已看到了原隨雲。

這神秘的蝙蝠公子忽然又出現了。

他遠遠地站在海浪中一塊突出的礁石上，看來還是那麼瀟灑，那麼鎮定。對一切事彷彿還是充滿了信心。

胡鐵花一看到這人，心裡立刻就湧起了憤怒之意，立刻就想衝過去。

楚留香卻一把拉住了他，搖搖頭，低語道：「他既然敢現身，就想必還有所仗恃，我們不妨先聽聽他說什麼。」

他說話的聲音雖低如耳語，卻顯然還沒有避過原隨雲那雙蝙蝠般敏銳的耳朵。

原隨雲忽然道：「楚香帥。」

楚留香道：「原公子。」

原隨雲嘆了口氣，道：「香帥果然是人中之傑，名下無虛，在下本以爲這計劃天衣無縫，不想還是被香帥揭破了。」

楚留香道：「天網恢恢，疏而不漏，這世上本無永遠不被人揭破的秘密。」

原隨雲慢慢地點了點頭，道：「卻不知香帥是什麼時候開始懷疑的呢？」

楚留香沉吟著，道：「每個人做事都有種習慣性，愈是聰明才智之士，愈不能避免，因爲聰明人不但自負，而且往往會將別人都估計太低。」

原隨雲在聽著，聽得很仔細。

楚留香道：「我們在原公子船上遇到的事，幾乎和在海闊天那條船上遇見的相差無幾，我發現了這點之後，就已想到，白獵他們是否也同樣是被個死人所殺死的呢？」

他接著道：「因爲死人絕不會被人懷疑，而且每個人心裡都有種弱點，總認爲發生過的事，絕不會再同樣發生第二次。」

原隨雲點了點頭，彷彿對楚留香的想法很讚許。

楚留香道：「枯梅大師和閣下顯然是想利用人們心裡的這種弱點，除此之外，這麼樣做，當然還有別的好處。」

原隨雲道：「什麼好處？」

楚留香說道：「船上會摘心手的本來只有三個人，枯梅大師既已『死』了，剩下的就只有高亞男和華真真。」

他笑了笑，接著道：「閣下當然知道高亞男是我們的好朋友，認爲我們絕不會懷疑到她，而且每件事發生的時候，都有人能證明她不在那裡。」

原隨雲道：「確實如此。」

楚留香道：「高亞男既然沒有嫌疑，剩下的就只有華真真了。各種跡象都顯示出她就是殺人的兇手，使得每個人都不能不懷疑她。」

原隨雲道：「但香帥卻是例外。」

楚留香道：「我本來也不例外，若不是枯梅大師和閣下做得太過火了些，我幾乎也認爲她就是兇手；而她也幾乎認爲我就是兇手，幾乎在黑暗中糊裡糊塗的火併起來。無論是我殺了她，還是她殺了我，閣下想必都愉快得很。」

原隨雲道：「這正是我們的計劃，卻不知是什麼地方做得過火了？」

楚留香道：「你們不該要高亞男在我背上印下『我是兇手』那四個字的。」

原隨雲道：「你怎麼知道是她做的事？」

楚留香道：「因爲我們被關入那石牢時，只有她一個人接近我，而且還有意無意間在我背上拍了拍，那四個字顯然早就寫在她手上的，用碧磷寫成的字，隨便在什麼地方一拍，立刻就會印上去，本來是反寫的字，一印到別人身上就變成正的！」

他忽然對胡鐵花笑了笑，道：「你總還記得你小時候常玩的把戲吧？」

胡鐵花也笑了，是故意笑的。因爲他知道他們笑得愈開心，原隨雲就愈難受。

原隨雲忍不住問道：「把戲？什麼把戲？」

胡鐵花道：「我小時候常用石灰在手上寫『我是王八』，然後拍到別人身上去，要別人帶著這四個字滿街跑。」

原隨雲也想笑，卻實在笑不出來，沉著臉道：「香帥又怎會發現背後有這四個字的？」

楚留香道：「我背後並沒有眼睛，這四個字當然是華真真先看到的。」

原隨雲道：「她看到了這四個字，非但沒有將你當作兇手，反而告訴了你？」

華真真忽然道：「因爲那時我已知道是他了，我雖然也看不到他的面目，卻知道除了他之外，別人絕不會有那麼高的輕功。」

她眼波脈脈的凝注著楚留香，慢慢地接著道：「我從來沒有懷疑過他是兇手。」

原隨雲道：「爲什麼？」

華真真沒有回答，她不必回答，她的眼睛已說明了一切。

當她凝注著楚留香的時候，她眼睛裡除了了解、信任和一種默默的深情外，就再也沒有別的。

愛情的確是種很奇妙的事，它能令人變得很愚蠢，也能令人變得很聰明；它能令人做錯很多事，也能令人做對很多事。

過了很久，他們才將互相凝注著的目光分開。

楚留香道：「那時我才知道她絕不是兇手，那時我才確定兇手必定是枯梅大師，因爲只有枯梅大師才能令高亞男出賣老朋友。」

高亞男哭聲本已停止，此刻又開始哭泣起來。

楚留香道：「那時我們雖已互相了解信任，但還是沒有停手，因爲我們要利用動手的時候商量出一個計劃來。」

華真真柔聲道：「那時我的心早已亂了，所有的計劃都是他想出來的。」

原隨雲冷冷道：「香帥的計劃我雖已早就領教過，卻還是想再聽一遍。」

華真真道：「他要我在暗中去搜集你們換下來的衣服和烈酒，在石台四周中先佈置好，他自己到上面去引開你們的注意，那時你們每個人都在聽他說話，所以才完全沒有發現我在幹什麼。」

她輕輕嘆了口氣，黯然接道：「這當然也全靠東三娘的幫忙，若沒有她，我根本找不到那麼多衣服，也找不到那麼多烈酒。」

東三娘也是隻可憐的「蝙蝠」，她當然知道衣服和酒在什麼地方。

烈酒澆上乾燥的衣服，自然一燃就著，何況「蝙蝠」的衣服本是種很奇特的質料製成的，既輕又薄。原隨雲沉默著，像是已說不出話來了。

胡鐵花卻忍不住問道：「但枯梅大師為什麼要如此陷害華姑娘呢？」

楚留香道：「因為枯梅大師唯一畏懼的人就是華姑娘。」

胡鐵花不由自主又摸了摸鼻子，他不懂師父為什麼要怕徒弟。

楚留香道：「華真真名義上雖是枯梅大師的弟子，其實武功卻另有傳授。」

胡鐵花道：「誰的傳授？」

楚留香道：「華瓊鳳華太宗師。」

胡鐵花道：「我知道華仙子是華山派的第四代掌門，但卻已仙逝很久。」

楚留香道：「華仙子雖已仙去，卻將她的畢生武功心法記在一本秘笈上，交給她的堂兄，華真真就是華仙子的玄侄孫女。」

胡鐵花道：「我明白了，可是……」

楚留香道：「你雖已明白華真真的武功是哪裡來的，卻還有很多事不明白，是不是？」

胡鐵花苦笑道：「一點也不錯。」

楚留香道：「我分幾點說，第一，華真真得了華仙子的心法後，武功已比枯梅大師高，摘心手那門功夫，就是華真真傳給枯梅大師的。」

胡鐵花道：「這點我已想到，所以華姑娘剛才一出手就能將她制住，除了華姑娘外，世上絕沒有第二個人能做得到。」

楚留香道：「第二，華真真得到華仙子這本秘笈後，就負起了一種很特別的任務。」

胡鐵花道：「什麼任務？」

楚留香道：「負責監視華山派的當代掌門。」

胡鐵花道：「這難道是華仙子在她那本秘笈中特別規定了的？」

楚留香道：「不錯，所以華真真在華山派中的地位就變得很特殊。華山派中無論發生什麼事，她都有權過問，華山門下無論誰做錯了事，她都有權懲罰，就連身為掌門的枯梅大師也不例外。」

他接著又道：「我們一直猜不出『清風十三式』的心法是怎會失竊的，就因為我們從未想到枯梅大師會監守自盜。」

胡鐵花嘆了口氣，道：「枯梅大師居然會是這種人，我真是做夢也沒有想到。」

楚留香道：「她這麼樣做，當然是為了原公子。但她也未想到華山派中突然多出個華真真這麼樣的監護人，因為華姑娘是最近才去找她的。」

胡鐵花道：「就因為華姑娘要追究這件事的責任，所以枯梅大師也不能不裝模作樣，故意親自要出來調查這件事。」

楚留香道：「我們都認爲華姑娘是個很柔弱的人，都低估了她。但枯梅大師卻很了解她是個怎麼樣的女孩子，知道她的聰明和堅強。」

華真真眼睛裡發出了光。

對一個少女來說，世上永遠沒有任何事比自己心上人的稱讚更值得珍惜、更值得歡喜的了。

胡鐵花道：「那時枯梅大師已知道這秘密遲早都有被華姑娘發現的一天，她想除去華姑娘，卻又不敢下手，所以才使出這種法子來。」

楚留香道：「不錯，她這麼樣做，不但是爲了要陷害華姑娘，還想利用我們來和華姑娘對抗，也可以消除華姑娘對她的懷疑，無論什麼事她都可以更放開手去做了。」

胡鐵花道：「這麼樣說來，英萬里那天看到的白衣人也是她了？」

楚留香道：「不錯，英萬里當然也是死在枯梅大師手上的，那天他其實也已聽出了枯梅大師的聲音，卻一直不敢說出來。」

胡鐵花道：「因爲他絕沒有想到枯梅大師會是這種人，想不到她也會詐死復活，所以他才會連自己的耳朵都信不過了。」

楚留香點點頭，嘆息道：「每個人都有做錯事的時候，只可惜枯梅大師這次做得太錯了些。」

胡鐵花道：「我還是要問，她爲什麼會做出這種事呢？她和原隨雲究竟有什麼關係？」

楚留香沉吟著，緩緩道：「這件事除了他們自己外，只怕誰也不知道。」

原隨雲一直在聽著，此刻忽然冷冷道：「我可以保證，你們永遠都沒法子知道的。」

楚留香淡淡道：「這種事我也不想知道，但另外有件事我倒想問問你。」

原隨雲道：「你可以問。」

楚留香道：「你們是用什麼法子要脅住金靈芝的，爲什麼不索性將她殺了滅口？」

胡鐵花立刻也搶著道：「不錯，這一點我也始終想不通。」

原隨雲嘴角忽然露出種很奇特的笑容，道：「其實這道理簡單得很，我們不殺她，也沒有要脅她，因爲我們根本用不著那麼樣做，她本來就絕不會洩露我們的秘密。」

胡鐵花道：「爲什麼？」

原隨雲道：「因爲她愛的不是你，是我，她早已將整個人都交給了我。」

這句話說出來，胡鐵花簡直比聽到枯梅大師是兇手時還吃驚。

就連楚留香都也有被人踢了一腳的感覺。

原隨雲道：「其實這點你們早就該想到的，無論誰都只能到蝙蝠島來一次，她爲什麼能來兩次？無論誰來過一次後，都不會想再來，她爲什麼還想來第二次？」

他淡淡地笑了笑，接著道：「她這次來，當然就是爲了找我。」

胡鐵花忽然跳了起來，大聲道：「放屁，你說的話我一個字都不信。」

原隨雲淡淡道：「你不必相信，我也用不著要你相信。」

胡鐵花只覺滿嘴發苦，連叫都叫不出來了。

他嘴裡雖說不信，心裡卻不能不信。

金靈芝有些地方的確表現得很古怪，胡鐵花不去想反而好，愈想愈想不通。

「那天晚上她在船舷旁的真情流露，難道也是裝出來的？」

胡鐵花的心裡就好像有針在刺著。

這時他若肯去看金靈芝一眼，也許就不會覺得如此痛苦，只可惜現在他死也不肯去看她一眼。

金靈芝雖似仍暈迷不醒，但眼角卻已有了淚珠。

她知道自己對胡鐵花的感情並不假，但卻不知道自己怎會有這種感情。

因爲她的確已將整個人都交給了原隨雲。

她愛胡鐵花，是因爲胡鐵花的真誠、豪爽、熱心、正直。

但原隨雲無論是個怎麼樣的人，無論做出了多麼可怕的事，她還是愛他。

她關心胡鐵花的一切，甚至更超過關心自己，但原隨雲若要她死，她也會毫不考慮的去死。

她不懂自己怎會有這種感情，因爲世上本就很少有人懂得「愛情」和「迷戀」根本是兩回事。

愛情如星，迷戀如火。

星光雖淡卻永恆，火燄雖短暫卻熱烈，愛情還有條件，還可以解釋，迷戀卻是完全瘋狂的。

所以愛情永遠可以令人幸福，迷戀的結果卻只有造成不幸。

只聽原隨雲道：「香帥若還有什麼不明的事，還可以再問。」

楚留香嘆了口氣，道：「沒有了。」

原隨雲冷冷道：「你不問，也許只不過因爲有件事你還未想到。」

楚留香道：「哦？」

原隨雲道：「不知道你想過沒有，這一戰最後勝利的究竟是誰？」

楚留香道：「我想過。」

原隨雲道：「你若真的想過，就該知道這一戰最後勝利的還是我。」

楚留香拒絕回答。

原隨雲淡淡道：「因爲我還是我，而你們已全都要死了，因爲你們誰也沒法子活著離開這蝙蝠島。」

楚留香道：「你呢？」

原隨雲笑了笑，揮了揮手。

他身後三丈外一塊最大的礁石後，立刻就有條小船搖了出來。

搖船的是八個精赤著上身的彪形大漢，輕輕一搖槳，小艇就箭一般竄出，手一停，小艇就戛然頓住。

原隨雲道：「我只要一縱身，就可掠上這艘船，香帥的輕功縱然妙絕天下，只怕也無法阻止我了。」

楚留香只能點點頭，因爲他說的確是事實。

原隨雲接道：「片刻後這艘小艇就可以將我帶到早已在山坳後避風處等著的一條海船上去，用不了幾天，我就可安然返回『無爭山莊』，江湖中絕對不會有人知道這裡曾經發生過什麼事，因爲那時各位只怕已死在這裡。」

他也嘆了口氣，悠然道：「等死的滋味雖不好受，但那也是沒法子的事，因爲這裡絕不會再找到第二條船，在下當然也不會讓別的船經過這裡。」

楚留香沉吟著，道：「你一個人走？」

原隨雲道：「我是否一個人，就得看你們了。」

楚留香道：「看我們？」

原隨雲道：「各位若肯讓我將枯梅大師、金靈芝和高姑娘帶走，我並不反對，但各位若是不肯，我也不在乎。」

金靈芝突然跳了起來，猛衝過去，狂呼道：「帶我走，帶我走，我不想死在這裡，我要死也得跟你死在一起。」

沒有人阻攔她，甚至連看都沒有人看她。

她受的傷雖不輕，但此刻卻似已使出了身體裡每一分潛力。

她踉蹌撲上礁石，撲入原隨雲懷裡。

原隨雲嘴裡又露出了微笑，道：「在下方才說的話是真是假，現在各位總該相信了吧？」

這句話未說完，他臉上的微笑突然消失。

誰也不知道究竟發生了什麼事，只看到他和金靈芝兩個人緊緊擁抱著，從幾丈高的礁石上跌了下去。

海浪捲起了他們的身子，撞上另一塊岩石。

海浪的白沫立刻變成了粉紅色，鮮艷得像少女頰上的胭脂。

無論什麼事都有結束的時候。

愈冗長複雜的事，往往結束得愈突然。

因為它的發展本已到了盡頭，而別人卻沒有看出來。

你雖覺得它突然，其實它並不突然。

因為這根線本已放完了。

楚留香截住了那艘小艇，回來時枯梅大師已圓寂。

她臉色還是很平靜，誰也看不出她真正的死因是什麼。

大家也不知道金靈芝究竟是爲了什麼死的？

是爲了不願和原隨雲分開？是因爲她知道除了死之外，自己絕對無法抓住原隨雲這種人的心？還是爲了胡鐵花？

胡鐵花癡癡地站在海水旁，癡癡地瞧著海浪。

海浪已將原隨雲的屍體捲走，也不知捲到何處去了。

他但願金靈芝沒有死，原隨雲也沒有死。

他寧可眼看著他們活著離開，也不願眼看著金靈芝死在他面前。

這就是他和原隨雲之間最大的分別。

這點才是最重要的。

這才是真正的愛情！

你愛得愈深時，就愈會替對方去想，絕不瘋狂，也絕不自私。

高亞男也癡癡地坐在那裡，癡癡地凝視著海天的深處。

她只覺心裡空空蕩蕩的，什麼都沒有想。

她不願去想，也不敢去想。

楚留香一直在留意著她。

高亞男突然回過頭來，道：「你怕我會去死？是不是？」

楚留香笑了笑，笑得很艱澀，因爲他不知該如何回答。

高亞男也笑了，她笑得反而很安詳，道：「你放心我不會死的，絕不會，因爲我還有很多事要做。」

楚留香瞧著她，心裡忽然生出一種欽佩之心。

他一直以爲自己很了解女人，現在才知道自己了解得並不如想像中那麼深，有很多女人都遠比他想像中堅強偉大。

高亞男道：「我做錯很多事，但只要我不再做錯，爲什麼不能活著？」

楚留香道：「你沒有做錯，錯的不是你。」

高亞男沒有回答這句話，沉默了很久，忽然道：「張三沒有死。」

楚留香動容道：「真的？」

高亞男道：「對他下手的人是我，我只不過點了他的穴道而已。」

楚留香幾乎想跪下去。

他從來也沒有想向一個女人跪下去，現在卻想跪下去。

因爲他實在太感激，也太歡喜。

高亞男道：「勾子長臨死前好像對英萬里說了幾句話，我沒有聽到他們在說什麼，張三卻聽到了。」

楚留香道：「你認爲勾子長臨死前終於對英萬里說出了那筆贓物的下落？」

高亞男點點頭，道：「每個人將死的時候，都會變得比平時善良些的。」

她忽然又接著道：「所以你們回去後也有很多事要做。」

楚留香道：「是。」

高亞男道：「贓物要你們去歸還，神龍幫的問題也要你們去解決。」

楚留香笑了笑，道：「這些事都不困難。」

高亞男凝注著他，表情忽然變得很沉重，緩緩道：「但你還有件事要做，這件事卻不容易。」

楚留香道：「什麼事？」

高亞男道：「別離。」

楚留香道：「別離？和誰別離？」

這句話高亞男也沒有回答，因爲她知道楚留香自己已知道答案。

楚留香已回過頭。

華真真站在遠處癡癡地瞧著他，那雙純真而美麗的眼睛裡，還是只有信賴和愛，再也沒有別的。

楚留香的心沉了下去。

他了解高亞男的意思，他知道自己絕不可能和她永久結合。

因爲華真真也有很多事要做。

高亞男道：「除了她之外，沒有別人能接掌華山派的門戶，也沒有別人能挽救華山派的命運，這是個莊嚴而偉大的使命，她應該接受，也不能不接受。」

楚留香黯然道：「我明白。」

高亞男道：「你若真的對她好，就應該替她著想，這也許因爲她生來就應該做一個偉大的女人，不應該做一個平凡的妻子。」

楚留香道：「我明白。」

高亞男道：「對你說來，別離也許比較容易，可是她……」

突聽一人幽幽道：「我也明白，所以你們根本用不著爲我擔心。」

華真真不知何時也已來到他們面前，她來時就像是一朵雲。

她的眼睛卻明亮如星，凝注著楚留香，緩緩道：「別離雖困難，我並不怕……」

她忽然握起了楚留香的手，接著道：「我什麼都不怕，只要我們還沒有別離時，能夠快快樂樂的在一起！我們現在既然還能快快樂樂的在一起，爲什麼偏偏要去想那煩惱痛苦的事呢？老天要一個人活著，並不是要他自尋煩惱的。」

楚留香沒有說話，因爲他喉頭似已被塞住，因爲他已無話可說。

他忽然發覺站在他面前的是兩個偉大的女性，不是一個。

高亞男沉思著，良久良久，慢慢地轉過頭。

她看到了胡鐵花，她忽然站起來，走過去。

夕陽滿天，海水遼闊，人生畢竟還是美麗的！

所以只要能活著，每個人都應該活下去，好好地活下去！

現在，剩下的只有一個秘密。

原隨雲和枯梅大師之間究竟有什麼秘密的感情？有什麼秘密的關係？

這秘密已永遠沒有人能解答，已隨著他們的生命埋藏在海水裡。

枯梅大師也許是原隨雲的母親，也許是他的情人！因爲山西原家和華山派的關係本就很深，原隨雲有很多機會可以接近枯梅大師。

枯梅大師畢竟也是人，也有感情，何況，她相信原隨雲絕不會在乎她的外貌和年紀，因爲，原隨雲是個瞎子。

也許只有瞎子才能打動一個垂暮女人的心，因爲她認爲只有瞎子對她才會動真心。

這種事聽來雖然有些荒唐，其實卻並非絕無可能發生。

有很多看來極複雜、極秘密的事，都是往往爲了一個極簡單的原因而造成的。

那就是愛。

愛能毀滅一切，也能造成一切。

人生既然充滿了愛，我們爲什麼一定還要苦苦去追尋別人一點小小的秘密？

我們爲什麼不能對別人少加指責，多施同情？

原隨雲和枯梅大師這一生豈非也充滿了不幸？豈非也是個很可憐、很值得同情的人？

海船破浪前進。

楚留香和華真真雙雙佇立在船頭，凝視著遠方。

家園已在望。

光明也已在望。

驀然回首，楚留香彷彿瞥見遠方啓航處的海面上，有一個小小的光影在載浮載沉。正待凝眸細察，耳邊卻是胡鐵花顫聲在問：「會……會不會是金靈芝並沒有死，只是閉氣暈了過去？」

楚留香毫不猶豫，轉過艇舵，讓小艇向那光影駛了過去。

希望永在人間！

《蝙蝠傳奇（下）》完，請續看《桃花傳奇》

古龍精品集 33

楚留香新傳（三）蝙蝠傳奇（下）

作者：古龍
發行人：陳曉林
出版所：風雲時代出版股份有限公司
地址：10576台北市民生東路五段178號7樓之3
電話：(02) 2756-0949　　傳真：(02) 2765-3799
封面原圖：明人出警圖（原圖爲國立故宮博物館典藏）
封面影像處理：風雲編輯小組
執行主編：劉宇青
行銷企劃：林安莉
業務總監：張瑋鳳
出版日期：古龍80週年紀念版2019年1月
ISBN：978-986-146-443-5

風雲書網：http://www.eastbooks.com.tw
官方部落格：http://eastbooks.pixnet.net/blog
Facebook：http://www.facebook.com/h7560949
E-mail：h7560949@ms15.hinet.net
劃撥帳號：12043291
戶名：風雲時代出版股份有限公司

風雲發行所：33373桃園市龜山區公西村2鄰復興街304巷96號
電話：(03) 318-1378　　傳真：(03) 318-1378
法律顧問：永然法律事務所 李永然律師
北辰著作權事務所 蕭雄淋律師

行政院新聞局局版台業字第3595號 營利事業統一編號22759935

定價：240元

國家圖書館出版品預行編目資料

楚留香新傳.二-三, 蝙蝠傳奇／古龍作.--再版.
-- 臺北市：風雲時代, 2008.03
冊；　公分
ISBN: 978-986-146-431-2（上冊：平裝）. --
ISBN: 978-986-146-443-5（下冊：平裝）
857.9　　96025388